あたらしい図鑑

長薗安浩

あたらしい図鑑《ずかん》

長薗安浩

1

明日、ぼくは十三歳《さい》になる。一日早い誕生日の記念に、中学生になって初めての公式戦で、どうしてもヒットが打ちたかった。

先輩《せんぱい》から借りたヘルメットはぶかぶかで、バッターボックスの手前で深呼吸をして五月《さつき》晴《ば》れの空を見あげたら、ヘルメットの鍔《つば》が目の前に落ちてきた。ぼくは五分刈《ごぶが》りの頭から眉毛《まゆげ》まで流れてきた汗を手でぬぐい、ヘルメットをかぶりなおして素振《すぶ》りをしてみた。

「チビ！」

「小学生の試合じゃないんだぞ」

「チビ！」

「バットの方が大きいんじゃねえか」

敵の西中《にしちゅう》のベンチからつぎつぎと野次《やじ》が飛んできた。声変わりしたおっさんのような低い声にまじり、しゃがれた笑い声も耳にとどいた。

ぼくは、身長が百四十一センチしかなかった。野球部でもクラスの男子の中でも一番小さい。だけど、ぼくは小学生時代、ずっとリトルリーグで硬式《こうしき》野球をやっていて、去年の夏にはエースとして全国大会にも出場を果たした。準決勝で負けてしまったけど、地元の新聞に〈小さな小さな未来の大投手、五十嵐純《いがらしじゅん》君〉と写真つきで紹介《しょうかい》され、ちょっとした話題になった。

ピッチングだけでなく、ぼくはバッティングにも自信があった。どちらかといえば、ピッチングよりもバッティングの方が好きなくらいで、野球部の深谷監督《ふかやかんとく》も、「腰《こし》の回転がいい」とよくほめてくれる。だから、一打逆転のこの大事な場面で、ぼくを代打に使ってくれたのだろう。汚《きたな》い野次はまだつづいていたけど、ぼくは気にしないふりをしてバッターボックスに立った。

一球目は、もう少しで体にあたりそうな直球だった。マウンドに立つピッチャーはキャッチャーからの返球を受けとり、意地の悪そうな笑《え》みをうかべてぼくをにらんだ。きっとぼくを怖《こわ》がらせるためにわざと内角に投げたのだろう。だけど、ぼくは平気だった。リトルで使う硬球にくらべたら中学の野球部で使う軟球《なんきゅう》はやわらかく、あたってもそんなに痛くはなかった。

ぼくはずり落ちてきたヘルメットの鍔を指で押《お》しあげ、バッターボックスのさらに内側でバットをかまえた。「チビ、いい度胸だな」とキャッチャーが低い声でささやいた。

ピッチャーは三塁《さんるい》と二塁にいるランナーを牽制《けんせい》してから二球目を投げた。今度は外角への直球だった。ぼくはセカンドの頭上をねらってその球を打った。バットの芯《しん》にあたった球は、ねらいどおりセカンドの上をライナーでこえ、センターとライトの間へと勢いよく転がっていった。

ぼくは味方の歓声《かんせい》をうけながら一塁をかけぬけ、外野手がまだ打球に追いついていないのをたしかめて二塁もまわった。二塁を踏《ふ》んだところでヘルメットが脱《ぬ》げてしまったけれど、ぼくは気にせず三塁をめざした。全速力。足が遅《おそ》いぼくは、必死だった。

「五十嵐、すべりこめ！」

コーチャーズボックスにいた上松《うえまつ》先輩が叫《さけ》んだ。ぼくはからまりだした足で三塁に近づくと、先輩の指示《しじ》にしたがって足からすべりこんだ。

「セーフ！」

審判《しんぱん》の声が聞こえる直前、右の足首に激痛がはしった。舞《ま》いあがった砂ぼこりが顔に落ちてきた。

「いいぞ、五十嵐」

上松先輩が手をたたいて寄ってきても、ぼくは起きあがれなかった。足首の痛みはどんどんひどくなり、ふくらはぎも膝《ひざ》もしびれて動かなくなった。

「どうした？　怪我《けが》しちゃったか」

審判がぼくの顔をのぞきこんだ。ぼくはグラウンドに寝《ね》そべったまま右手で顔をおおい、目からあふれてくる涙をかくした。汚い野次に負けず、せっかく中学生になって最初のヒットを打ったのに……。ぼくは悔《くや》しかった。そして痛かった。ちらっと手を動かすと、マッコウクジラそっくりの雲が青空にうかんでいた。

「タイム」

ぼくの異変に気づいた審判が試合を中断させ、深谷監督を呼びよせた。ベンチからかけてきた監督は、審判に代走を伝えるとぼくの体をゆっくり起こした。ぼくは右腕《みぎうで》で顔の半分をかくしたまま、何もいわずに監督の背中に体をあずけた。

「五十嵐、いいバッティングだったぞ」

病院へむかう車の中、ハンドルをにぎった深谷監督は、後部座席で横になっているぼくにそう声をかけた。


「骨は、折れてないね」

永井《ながい》先生はレントゲン写真に目をほそめ、マシュマロのようにふくらんだ自分のほほをなでた。先生はぼくの友だちの智幸《ともゆき》のお父さんで、親子そろってよく肥《ふと》っていた。ぼくは脱いで丸めた靴下《くつした》とストッキングを野球帽《やきゅうぼう》に入れ、椅子《いす》に座《すわ》ったままレントゲン写真に目をむけた。

そこには、真横から撮影《さつえい》したぼくの右足が写っていた。太い脛《すね》の骨の下にくるぶし、踵《かかと》、親指、足首と指をつなぐ甲《こう》の骨。どれもこれも骨、骨、骨、骨……生まれて初めて自分の骨の写真を見つめるうちに、ぼくは吐《は》き気《け》をもよおした。

「捻挫《ねんざ》ですか？」

ぼくの後ろに立っていた深谷監督がたずねた。永井先生はたぷつく下顎《したあご》の肉をなでながらうなずいた。

「湿布《しっぷ》しておけば、一週間から十日ぐらいで治りますよ。でも」

永井先生はそこで話を切り、ぼくの顔を見てほほえんだ。

「五十嵐くんは、ヘンペイソクなんだね」

「……ヘンペイソク？」

「そう、ヘンペイソク」

ヘンペイソク。生まれて初めて自分の骨の写真を見て気持ち悪くなったと思ったら、今度は、生まれて初めて聞く言葉で問いかけられた。ぼくはどう答えたらいいかわからないまま、口にたまった唾《つば》をのみこんだ。

「たしかに、これは見事なヘンペイソクだ」

ぼくの頭ごしにレントゲン写真をのぞきこんだ深谷監督は、いきなり笑いだした。永井先生の後ろにいた若い女性の看護師さんも歯を見せて笑った。

「先生、ヘンペイソクってなんですか?」

ぼくは怖くなって口をひらいた。永井先生はレントゲン写真を指さした。魚肉ソーセージのような先生の指の先には、ぼくの足の肉がぼんやりと青白く写っていた。

「ふつうはここに土踏まずがあるんだけど、ほら、五十嵐くんの足にはそれがないよね。つまり、足がヘンペイになっているんだな。だから、足の裏がすべて床《ゆか》に着いてしまうんだ」

ぼくは永井先生の指先をじっとにらんだ。ヘンペイの意味はまだわからなかったけど、先生の言ったとおり、ぼくの足の裏はぺったりと床にくっついていた。

「ぼく、病気なんですか」

「病気じゃないけど、ヘンペイソクは地面につく足裏の面積が広いから、長く歩いたりすると、ふつうの人より疲《つか》れやすいんだ」

永井先生は写真から指をはなした。

「五十嵐くん、足、遅いでしょう?」

ぼくは黙《だま》った。背が低いのと足が遅いのが、プロ野球選手をめざすぼくの最大の悩《なや》みだった。それだけでも不安なのに、長く歩くだけですぐ疲れてしまうなんて。ぼくは自分の野球人生がおわってしまったような気がして、下をむいてしまった。

「おいおい、そんなに落ちこむなよ」永井先生はぼくの肩《かた》をぽんとたたいた。「君はこれから成長期をむかえるんだから、足首の捻挫を治すついでにギブスをはめて、土踏まずをつくればいいんだよ」

「……ギブス?」

ぼくは顔をあげた。永井先生は顔のわりには小さい口で、「そうだよ」と答えてから自分の左足を持ちあげ、右膝の上で裏返した。先生は白い靴下をはいていた。

「ほら、ここが凹《へこ》んでいるだろ。これが土踏まず。五十嵐くんのこの部分にギブスをあてて肉を押しあげて、そのまま二、三ヵ月ぐらい固定してたら、これから成長する君の足の骨もぐいっとあがって、立派な土踏まずができるんだ」

「二、三ヵ月か、けっこう長いな」

深谷監督がぼそっとつぶやいた。ぼくは、永井先生の肉づきのいい白い足の裏から目がはなせなかった。

先生の足にあってぼくの足にはない、土踏まず。これさえあれば足が速くなる。ランニングができるようになる。野球部の練習には出られなくなるけど、二、三ヵ月我慢《がまん》すれば、プロ野球選手になる夢をまた追いかけることができる。

「先生」ぼくは永井先生の目を見た。「立派なかっこいい土踏まず、作ってください」

「よし、わかった」

永井先生は笑顔《えがお》になってうなずいた。

さっそく土踏まず用の石膏《せっこう》作りがはじまって間もなく、お母さんが息をきらしながら診《しん》察室《さつしつ》にやってきた。深谷監督から電話で連絡《れんらく》を受け、花屋のパートの仕事をぬけてきたらしい。ぼくの怪我が捻挫ですんだことを監督が伝えると、お母さんは大きな息を吐いた。そして、永井先生からヘンペイソクの治療《ちりょう》について説明を受け、「どうかよろしくお願いします」と言って深々と頭をさげた。

この日は、ギブスの型をとるだけでおわった。永井先生は石膏がついた手を洗いながら、ギブスができあがる三日後に来るようぼくに声をかけた。ぼくは、乾《かわ》きはじめた石膏が残る足の裏を看護師さんにふいてもらい、湿布薬が貼《は》られた右足を引きずって診察室を後にした。

西中のグラウンドにもどる深谷監督とは、病院の駐車場で別れた。お母さんは、監督の車が見えなくなるまで何度も頭をさげた。ぼくは野球帽をかぶり、先に家の車まで歩いた。

「足が痛いんだから早くしてよ」

「純の足が折れてなくて、ほんとうによかった」

お母さんはぼくのユニフォームのそでにそっと手をふれてから運転席側にまわり、ドアを開いた。ぼくは、ヘンペイソクの漢字を考えながら助手席に乗りこんだ。ぼくの頭にうかんできた漢字は、変平足だった。

2

三日後、ぼくは学校の授業がおわると、クラスが違《ちが》う智幸と正門の前で待ちあわせ、いっしょに病院へむかった。智幸は小学二年生のときに同じクラスになって以来の友だちだった。お母さんにいわせれば、ぼくと智幸は、体格も性格も正反対だから仲がいいらしい。

「ジュンちゃん、足、まだ痛い？　おんぶしてやろうか」

「だいじょうぶ。いつもより時間はかかるけど、ちゃんと自分で歩けるよ」

智幸の身長は、小学四年生まではぼくと同じぐらいだったのに、今では百七十センチを超《こ》えている。体重もどんどん増えて八十七キロもある。その体格のよさに目をつけたのか、中学に入学するとすぐに柔道部《じゅうどうぶ》の三年生が智幸のクラスまで来て、入部するようしつこく勧誘《かんゆう》してきたらしい。智幸は運動が苦手だったから、その誘《さそ》いをきっぱりと断った。

「料理クラブに入りますって言ったら、その三年生、びっくりしてた」と智幸から聞いたとき、トモは正しい判断をしたと、ぼくは思った。智幸はとても気持ちのやさしい、勉強でも運動でも、他人と競《きそ》うのが苦手なやつだった。

「鞄《かばん》、持ってあげる」

足を引きずって歩くぼくを見かねて、智幸はぼくの鞄を強引《ごういん》に引きとった。身軽になったぼくは、こっそりと智幸の真後ろにまわり、思いきってその背中に飛びついた。

「ジュンちゃん、無茶するなよ」

「いいから前見て、前進前進」

智幸の背中は見た目以上に広かった。五月の日ざしを浴びた学生服は、ぬくぬくとした温かさにあふれていた。目をとじると、昼寝《ひるね》をしている白熊《しろくま》に抱《だ》きついているような感じがした。もちろん、昼寝をしている白熊に抱きついたことなんてないけど。

ぼくは永井総合病院の駐車場で智幸の背中から降りた。そして鞄を受けとると、駐車場の奥《おく》にある三階建ての豪邸《ごうてい》へ帰っていく智幸に手をふり、病院の玄関《げんかん》へむかった。

待合室にある四台の長椅子《ながいす》にはおばあさんが三人、おじいさんが一人、ばらばらに座《すわ》っていた。ぼくは受付に診察券《しんさつけん》を出して老人たちを見まわし、腕《うで》を組んでうとうとしているおじいさんの隣《となり》にそっと腰《こし》をおろした。

長椅子の端《はし》に座るおじいさんの横には、松葉杖《まつばづえ》が二本立てかけてあった。白地に水色の縦縞《たてじま》が並ぶパジャマを着たおじいさんの座高は、ぼくより二、三十センチも高かった。おじいさんがうとうとすると上半身が大きく前後に揺《ゆ》れて長椅子の背がきしみ、そのたびに松葉杖がこすれあって音をたてた。いまに倒《たお》れるのではと心配になり、眠《ねむ》っているおじいさん越《ご》しに松葉杖を見守っていると、ほんとうに倒れた。

クォーン。

木のバットで硬球《こうきゅう》を打ったときと同じ乾《かわ》いた音が待合室に二度響《ひび》き、他の長椅子に座っていたおばあさんたちは、いっせいに迷惑《めいわく》そうな顔をしてぼくをにらんだ。おじいさんはあいかわらずうとうとしていた。ぼくはしかたなく立ちあがり、倒れた松葉杖を拾いあげた。

そのときだった。眠っていたはずのおじいさんの手がぼくの手首をつかんだ。

「そこに、おいておけ」

ひからびたようなとても枯《か》れた声だった。ぼくはその場に立ちつくした。

「……でも」

「どうせまた倒れる」

突然《とつぜん》、おじいさんは笑いだした。いななく馬のように顎《あご》をつきあげ、口をあけて天井《てんじょう》を仰《あお》いだ。口は大きく開いているのに笑い声は小さく、とぎれとぎれにハ、…ハ、…ハ、…ハとかすれた声がもれてくる。何がそんなにおかしいのか。ぼくはおじいさんの顔に目をうばわれた。

銀色に見えるおじいさんの薄《うす》い髪《かみ》は短く刈《か》りそろえられ、さらっと後ろに流れていた。鼻筋《はなすじ》のとおった高い鼻はたくましく、目は切れ長で、耳は大きく、唇《くちびる》は薄かった。ちらっとのぞく歯は黄ばんでいても顔の輪郭《りんかく》がしっかりしていて、美術室にある古代ギリシャの彫像《ちょうぞう》みたいな顔だとぼくは思った。

「さあ」

おじいさんはぼくの手首をはなした。ぼくはどぎまぎしながら松葉杖を緑色のコンクリートの床《ゆか》におき、元の場所にもどった。

「ところで坊主《ぼうず》、その足はどうした?」

「……坊主?」

ぼくが聞き返すと、おじいさんはぼくの頭をつかんだ。おじいさんは手も大きく、ソフトボールでも転がすようにぼくの頭をなでまわした。

「これはいい坊主だ。これだけ形がいいのは、最近じゃあ珍《めずら》しい」

おじいさんがぼくの頭に顔を近づけると、煙草《たばこ》の煙《けむり》とアルコールがまじった臭《にお》いがした。お父さんが酔《よ》っぱらって家に帰ってきたとき、いつもこの臭いをまき散らしていたことを思いだした。

「どうも坊主と呼ばれるのが不服らしいな。だったら、これからは少年と呼ぼう」おじいさんは顔を遠ざけた。「では、あらためて少年、その足はどうした?」

「野球の試合中に滑《すべ》りこんで、捻挫《ねんざ》しました」

「そうか」

「……はい」

「少年は、……野球少年だったか」

おじいさんはそう言ったきり黙《だま》った。口をとじたその横顔は怒《おこ》っているのか、喜んでいるのか、まったくわからなかったけど、とても賢《かしこ》そうに見えた。親戚《しんせき》でもないおじいさんと二人で話をしたことなんて一度もなかったから、こういうときはどうしたらいいのかわからず、ぼくも黙った。そのうちにおばあさんの一人が呼ばれて診察室に入っていっても、おじいさんは口をとじたまま正面をむいていた。ぼくは息苦しくなって下をむき、横目でおじいさんの足もとを見てみた。

裸足《はだし》の踵《かかと》が、スリッパから全部はみだしていた。見たことのない大きな踵だった。ぼくはそっと顔をあげ、おじいさんの横顔をながめた。

「ムラタさ〜ん、ムラタシュウヘイさ〜ん」

受付の奥から看護師さんの声が聞こえてきた。聞きおぼえのある、ぼくのヘンペイソクを笑った看護師さんの声だった。

「お呼びがかかったな」

「ムラタ、シュウヘイ」

「おれの名前だ。少年のお名前は？」

「ぼくは、五十嵐純といいます」

「いい名前だ。いい名前だが、きょうのところはここまでだ。少年、悪いが、松葉杖をとってくれ」

ムラタさんがぼくの肩《かた》をたたいた。ぼくはあわてて立って松葉杖を拾いあげ、ムラタさんに一本ずつ手わたした。

「少年、ついでにおれの腰を支えてくれんか」

「はい」

ぼくは長椅子の横にまわり、ムラタさんの腰に手をそえた。ムラタさんは、「よっこらしょ」と言って杖を床につき、ゆっくりと起きあがった。

「で、でけえ……」

立ちあがったムラタさんを見あげ、ぼくは思わず声をもらした。ムラタさんは智幸よりも、深谷監督よりも、はるかに大きかった。ムラタさんの左右のわきにすっぽりとおさまった松葉杖は、ぼくの身長とほぼ同じ高さだった。

「ありがとよ、少年」

「あのう……」

「どうした、少年」

「一つ、質問してもいいですか？」

「一つなら許す」

「ムラタさんの身長は、何センチですか？」

「おれの身長？　もう六十年も測《はか》ったことがないからな」

ムラタさんは目をほそめ、どこか遠くをながめた。ぼくは、ひまわりの種の形に似たムラタさんの鼻の穴を見あげ、息をのんだ。

「六十年前は、たしか、百九十一センチだったな」

答えを聞いて頭の中が熱くなった。

喉《のど》がかわいた。

ぼくは何も言い返すことができなかった。テレビやマンガでは見たことがあったけど、ぼくが百九十センチ以上の生身《なまみ》の人間に会ったのは、このムラタさんが初めてだった。

ぼくはどきどきしながらムラタさんの顔を見あげた。この世界には、ほんとうに百九十センチ以上の人間がいるんだ。

「おい、少年」ムラタさんが笑った。「そんなにぽかんと口をあけていると、蝿《はえ》が卵を産みにやってくるぞ」

ムラタさんはそう言うとまた馬のように笑い、松葉杖でコツ、コツと床をつきながら診察室へ歩いていった。

ぼくは、診察室から出てきたムラタさんと入《い》れ替《か》わりで名前を呼ばれた。鞄を抱《かか》えて部屋に入るとき、「泣くんじゃねえぞ」とムラタさんに声をかけられた。その声は頭の上から降ってくるように耳にとどいた。さすが百九十一センチ。ぼくはムラタさんの声を聞いただけで興奮《こうふん》し、うまく返事ができないまま永井先生の前にあった椅子に腰をおろした。

「これが、五十嵐くんのギブスだよ」

まだぼうっとしているぼくに永井先生が差しだしたのは、固まった石膏《せっこう》をマジックテープにくっつけた、まるで白い粘土《ねんど》つきの太いはちまきのようなギブスだった。

「これ、ですか?」

ぼくはもっとがっちりした、たとえば、怪我《けが》をしたスポーツ選手がするような重々しいギブスを想像していた。それをつけているだけで、まわりの人々がつい「たいへんね」とか、「がんばってね」とか声をかけてくれるギブスを。それなのに、目の前にあるギブスときたら……。

「じゃあ靴下《くつした》を脱《ぬ》いで」

ぼくはがっかりしたまま靴下を脱いだ。

「この石膏を足の裏にあてて、ぎゅっと押《お》しあげて」

永井先生は、ぼくの左足にギブスをあてはじめた。石膏はひんやりとしていて気持ちよかった。

「こうしてから、甲《こう》の上でこのバンドで固定するんだ。ほら、簡単だろ」

智幸よりも肥《ふと》っている永井先生の顔は、前かがみになってぼくの足にギブスをつけるだけで見る見る赤くなった。

「右足は、足首に注意しながら自分でやってみて」

ぼくは足首にふれないよう慎重《しんちょう》に右足にギブスをあててみた。石膏を真下から押すと、足裏の肉がせりあがった。

「そうそう、そのまま足をおろしてマジックバンドで固定する。……そう」

永井先生は満足げにうなずき、ぼくに立ってみるようにうながした。ぼくはおそるおそる立ちあがった。

「どうだい？」

「足の裏が変な感じです」

「そりゃそうだ。だけど、それをつけて二、三ヵ月もすれば、五十嵐くんの足にも土踏《つちふ》まずができる」

「先生」ぼくはギブスを巻いた自分の足を見おろした。「これ、一日中ずっとつけてるんですか？」

「お風呂《ふろ》に入るときははずしていいよ。ギブスをつけているところは汚《よご》れがたまりやすいから、毎日ごしごし洗いなさい」

「学校に行くときは、靴はどうするんですか？」

「サンダルをはきなさい。学校にはもう連絡《れんらく》してあるから、授業中も堂々とサンダルをはいていればいい」

「……ぼく、サンダルで学校に行くんですか」

「これからどんどん暑くなるから、ちょうどよかったじゃないか」

永井先生は赤い顔でまたほほえんだ。その後、腫《は》れがひきはじめた右の足首の湿布薬《しっぷやく》を取り替えてもらう間、ぼくは、学生服を着てサンダルをはいている自分の姿をずっと想像していた。

お気に入りのスニーカーがはけないどころか、ちんけなギブスをつけた素足《すあし》をさらして通学路を歩いている自分。きっと教室にいけば、「なんでそんな白いマジックバンド巻いてんだよ」とか、「おまえヘンペイソクなんだって」とか、クラスのみんなにからかわれるに決まってる。まともに走ることもできないから、体育の授業は、生理中の女子といっしょに見学だ。そんなことがつづいたら、そのうちにクラスメート全員がぼくを遠まきにして、「チビ」とか、「ヘンペイソク」とか、「チビヘンペイソク」とか、略して「チビヘン」とか口々にののしり、ぼくのサンダルをどこかに隠《かく》してしまうやつまであらわれるかも……。イジメ。テレビや新聞でしか知らなかったイジメが、このぼくの身におきるのだ。

なんてこった。

ぼくは絶望的な気持ちになった。

「どうしたの、そんな暗い顔して」

湿布薬の上に包帯《ほうたい》を巻いていた（ヘンペイソクを笑った）看護師さんが声をかけてきた。ぼくは返事をせずに首を横にふった。

「五十嵐くん、サンダルはいて学校に行くのが嫌《いや》なんでしょ」

「そんな、……そんなことは、ないけど」

「あのね五十嵐くん」看護師さんはギブスを指でつっついた。「これでヘンペイソクがなおったら、たぶん、五十嵐くんの背もどんどん伸《の》びると思うよ」

「ほんと！」

ぼくは自分でもびっくりするぐらいの大声を出していた。看護師さんは目を丸くしてから笑《え》みをうかべ、立ちあがってぼくの頭をなでた。

「ねえ先生、五十嵐くんの身長、きっと伸びますよね」

「ああ、五十嵐くんはこれからの人だから」

永井先生は背中をこちらにむけ、カルテを書きながら答えた。ぼくはうれしかった。雨雲がスパーンと割れて、そこから太陽と満月がそろって顔をだしたぐらいうれしかった。

ぼくは、先生が言った「これからの人」という言葉を、「これから身長が伸びる人」という意味で受けとめていた。すると、イジメへの不安なんてどこかに吹《ふ》っ飛《と》び、今度は背が伸びた自分を想像してほくそ笑んだ。

智幸と肩を並べている自分。豪快《ごうかい》なホームランを打ってスタンドにちらっと手をふっている自分。人だかりの後ろから大道芸をながめて拍手《はくしゅ》をおくる自分。樹《き》の枝に引っかかった麦藁帽子《むぎわらぼうし》をひょいっととって小さな子に手わたす自分。

かっこいい。

さりげなくかっこいい。

われながら単純すぎるとは思っても、顔がどうしても笑ってしまう。どうにか口をとじ、包帯を片づけている看護師さんに目をむけると、こんもりと膨《ふく》らんだ白衣の胸に、〈佐藤〉と書かれたネームプレートが見えた。

「……佐藤《さとう》さん」

「何？」

「ぼくの前に診察を受けていたムラタさんっていうおじいさん、身長が百九十一センチもあるんですよね」

「ムラタさん？」佐藤さんは包帯を棚《たな》にしまいながら答えた。「何センチあるかは知らないけど、ずいぶん大きいわよね」

「あの人、何をしている人なんですか？」

「詩人だよ」永井先生が後ろをむいたまま答えた。「わたしが高校生のころは、教科書にもムラタさんの詩がのっていたけど……気になるなら、今度ムラタさんに会ったときに、自分でたずねてみるといい」

「わかりました」

ぼくがうなずくと、永井先生がいきなりふり返った。

「そんなことより、わたしから五十嵐くんにプレゼントがあるんだ」

永井先生は机の一番下のひきだしをあけ、そこからビーチサンダルを二足とりだした。

「昔、ハワイに行ったときに調子にのってまとめ買いしたんだけど、わたしも子どもたちも泳ぎが苦手だから、結局一度もはかずに持って帰ってきて。君がよければ、ギブスをつけている間、これをはいてみないか」

ぼくは、柄《え》のところに英語のロゴが入った黒いビーチサンダルを受けとった。ゴム製のソールは幅《はば》が広く、二センチぐらいの厚さがあり、とても硬《かた》かった。ギブスをつけたままはくには、たしかにちょうどいい大きさだった。それでもぼくが返事に困っていると、佐藤さんが顔を近づけてきた。名前が思い出せない花の香《かお》りが、ぼくの鼻をくすぐった。

「いいなあ五十嵐くん。それ、サーファーご愛用のサンダルなんだよ」

佐藤さんは甘《あま》えるような声でささやいた。佐藤さんの吐息《といき》が耳にふれ、ぼくはうつむいた。

「お気に召《め》したかな」

永井先生がぼくの顔をのぞきこんできた。

「ありがとうございます」

「二足あるから、登下校用と上ばき用に分けて使いなさい」

ぼくはもう一度お礼を言って立ちあがり、さっそくビーチサンダルをはいてみた。足はすっぽりとおさまった。ソールの厚さの分だけぼくの背は高くなり、佐藤さんのぽてっとした唇が目の前に迫《せま》った。

3

翌朝は、いつもより四十分早く家を出た。ギブスで足の裏が固定されているために歩きにくく、お母さんとあれこれ話しあった結果、学校までふだんの倍はかかると予想したからだ。だけど、ぼくのほんとうの理由は、歩いているところを人に見られたくなかったから。同じ学校の生徒、中でも同級生に会うのは、やっぱり嫌《いや》だった。

ぼくは誰からも声をかけられないことを祈《いの》りつつ、できるだけ顔をあげずに歩道を歩いた。ふだんどおりに歩こうとすると、足の裏だけでなくふくらはぎや腿《もも》の裏側までがつっぱり、まるで脚《あし》全体を固定されたような歩き方になってしまった。調子をつかめないまま歩くうちに、児童公園の前でウォーキングをしているおばあさんとおじいさんに追いぬかれた。二人とも早朝の青空ににあうジャージ姿で、白い専用の靴《くつ》をはいてさっそうと去っていった。ぼくは遠ざかる二人の後ろ姿をながめ、ふつうに歩くことの難しさを思い知った。

気をとりなおしてとろとろ歩くたびに、足の裏の中心が押《お》しあげられた。ゴルフボールぐらいの大きな親指に指圧をされているような感じで、最初は気持ち悪かったけど、国道に出るころには心地よくなってきた。

「ジュンちゃん」

名前を呼ばれ、ぼくの足は反射的に止まった。ぼくは深呼吸をしてからゆっくりと顔をあげ、正面をにらんだ。

「おはよう」

智幸が病院の駐車場の前で手をふっていた。ぼくは安心して歩きだした。

「あれ？　トモ、その頭どうしたの」

ぼくは智幸の頭を指さした。きのうまで耳と眉《まゆ》にかかっていた智幸の髪《かみ》が、五分《ごぶ》刈《が》り、いやそれ以上に短くなっていた。

「もうじき衣替《ころもが》えだから、頭も衣替え」

「はあ？」

「だって、こっちの方が涼《すず》しいじゃん。それに、白い開襟《かいきん》シャツには絶対坊主《ぼうず》があうって」

智幸は自分の頭をなでた。ぼくは首を横にふってため息をついた。体は人一倍大きいくせに、トモはいつも、服装や、ヘアースタイルや、料理や、占《うらな》いといった女子が好むものにばかり関心をもっている。マンガも少女マンガを好み、ハイティーン向けの女性ファッション誌は定期購読《こうどく》しているらしい。最近では、いろんな仕草まで女っぽくなってきていて、親友のぼくでもちょっと不気味に感じるときがある。

「そのサンダルも、涼しそうでいいよね。衣替えにあわせて、ぼくもサンダルで学校へ行こうかな。ジュンちゃん、どう思う。ねえ」

返事をせずにぼくは歩きだした。こんなんだから、トモは上級生（とくに入部を断った柔道部の二、三年生たち）から「カマブタ」と呼ばれてしまうんだ。豚《ぶた》のように肥《ふと》ったオカマ野郎、という意味らしいけど、トモはまったく気にするどころか、ますますオカマっぽくなっていく。ぼくを心配してわざわざ待っていてくれたことはうれしいけど、これでは二人そろって学校の笑い者になってしまう。

カマブタとチビヘン……。

「最悪だ」

ぼくはサンダルからのぞく親指の爪《つめ》を見つめながらつぶやいた。

「何が？」

智幸はぼくの隣《となり》に並び、料理クラブで使うらしい野菜が入ったビニール袋《ぶくろ》を左手に持ちかえ、右手でぼくの鞄《かばん》を引きとった。

「トモ、おまえ、カマブタって言われて悔《くや》しくないの？」

「カマブタ？　そんなの気にしないよ」

「ほんとう？」

「だって、そんなことに悩《なや》んでいる暇《ひま》があったら、ぼくはもっと料理の勉強をしたいんだよね。ジュンちゃん、料理だって野球と同じで、毎日やらないと腕《うで》があがらないんだ。それに、世界中の食材とか調味料とか、他にも料理別の食器とか、いろいろ覚えることがいっぱいあるしね」

智幸はいつもとかわらないおだやかな表情で答えた。ぼくは少し感心したけど、不満も残った。

「トモは、医者にならなくていいの？」

「だって学校の勉強は苦手だから。病院は、姉貴か弟が継《つ》ぐと思うよ」

「じゃあ、トモはほんとうに料理人になるんだ」

「なれたらね」

ぼくはもう質問をやめて歩いた。料理はともかく、智幸が刺繍《ししゅう》や裁縫《さいほう》まではじめたら自分はどうするだろうか、と歩きながら考えた。小学校時代からの親友が女っぽくなっても、これまでどおり何でも話せる関係でいられるのか？　まわりの人の目を気にして智幸を避《さ》けるのか、それとも自分だけは智幸を守ってみせるのか……その時がもしきたら、自分がとても大切な決断を迫《せま》られる予感がして、ぼくは気が重くなった。

智幸はぼくの歩調にあわせて歩いてくれたけど、ぼくは学校が近づいたところで、先に行くよう智幸に頼《たの》んだ。智幸は不服そうな顔でしぶしぶうなずき、野菜が入ったビニール袋をつつじの生《い》け垣《がき》に何度もぶつけながら歩道を進み、先に正門を通りすぎた。ぼくはその後ろ姿を見つめ、智幸が男っぽい料理人になってくれることを真剣《しんけん》に願った。

教室でのみんなの反応は、予想に反してやさしかった。朝のホームルームで学級委員の立花《たちばな》の意見にクラス全員が賛成し、残りの一学期がおわるまで、ぼくは掃除《そうじ》当番も給食当番もやらなくてよくなった。担任の大庭《おおば》先生こと〝オバタン〟は、みんなの決定を聞いて手をたたき、「このクラスはいいクラスだね」と大きな声をだした。何だか学園ドラマを見ているような不思議な光景だった。永井先生から連絡《れんらく》を受けたオバタンが立花たち何人かの生徒に根まわししたに違《ちが》いないと疑いつつ、ぼくはオバタンにうながされて椅子《いす》から立ち、居心地《いごこち》の悪さを感じたまままみんなに頭をさげた。

五時限目に体育の授業があった。ぼくは担当の北島《きたじま》先生に相談し、授業を受けることにした。課題は鉄棒の蹴《け》りあがりと逆あがりだった。ぼくは小学生のときから鉄棒が得意で、体が小さいわりに腕の筋肉が強かったから、逆あがりだけでなく大車輪だってできる。だけど、体操着に着替えて鉄棒にぶらさがってみると、足をうまくはねあげることができなかった。サンダルを脱《ぬ》いでやってみても同じ。どうにか飛びついた鉄棒にだらりとぶらさがったまま、ぼくはまったく動けなかった。

「やっぱりギブスが重いんだな」

北島先生はぼくの肩《かた》をたたいてはげましてくれたけど、ぼくは恥《は》ずかしかった。こういうのをクツジョクというんだな、と思った。

ぼくは先生にすすめられるまま見学組にまわり、誰ともひと言も言葉をかわさずに授業がおわるまですごした。

全部の授業がおわると職員室へいき、ユニフォームに着替えた深谷監督と話をした。球拾いでもいいから練習に参加したいとぼくが言うと、監督は、ギブスがはずれるまでは練習に出てはいけないと断言した。

「治すときは治すことに専念する。それだって、いい野球選手になるためのトレーニングなんだぞ」

ぼくは、監督の話を聞いてじんときた。いいこと言うなあ、と思った。とにかく今はヘンペイソクを治すことが大事で、練習の遅《おく》れは後から取りもどそうとあらためて思った。

だけど、職員室を出てグラウンドを見まわし、ユニフォームを着てランニングをしている野球部のみんなの姿を見ているうちに胸が苦しくなった。練習をしないやつはうまくならない。リトル時代のチームの監督はいつもそう言っていた。深谷監督もよく同じことを言う。それはほんとうにそのとおりで、練習をしてもすぐにはうまくならないけど、練習せずにうまくなることは絶対にないと、ぼくは身をもって知っていた。体が小さくて足も遅《おそ》いぼくがリトルリーグで活躍《かつやく》できたのは、とにかく練習をさぼらずにつづけたからだ。だから、練習をしている野球部の先輩《せんぱい》や同級生を見ると焦《あせ》ってしまう。自分だけが昨日と同じレベルにとどまって、他の部員はどんどん前に進んでいく。

ぼくはグラウンドをじっと見つめたまま、うさぎと亀《かめ》の話を思いだしていた。あの話で油断してさぼるのはうさぎだったけど、ぼくの場合は亀の方がさぼっている。もちろん、さぼっている亀はぼくだ。後ろ足にギブスをした小さな亀。しかも、その亀の横には料理好きの豚が立っている。

「だめだ……」

情けなくてせつない気持ちが胸の内側でうずまきはじめ、ぼくは逃《に》げだすようにその場をはなれた。

次の日からぼくはグラウンドを避《さ》けて帰るようになった。智幸も料理クラブがあって忙《いそが》しく、一人で下校して家に帰ると、テレビゲームをしてすごした。もう何度もクリアしたロールプレイングゲームばかりで面白《おもしろ》くもなんともなかったけど、ぽっかりあいた部活の時間をもてあまし、ゲームぐらいしか暇な夕方をうめる方法は思いつかなかった。

ゲームにもあきたぼくはふと思いつき、一年前からベトナムに単身赴任《ふにん》しているお父さんにメールを出してみた。商社に勤めているお父さんは、ホーチミンという都市の近くにできる工業団地の仕事にかかわっていて、もう二年たたないと日本に帰ってこない。ぼくは、お父さんが今年の正月に帰国したときにくれた名刺《めいし》を探しだし、そこにあったアドレスをお母さんのパソコンに打ちこんだ。

ヘンペイソクを治すためにギブスをはめていることを報告すると、その日の夜遅く、〈お父さんも扁平足です。今でも扁平足です。だから、昔も今も、長距離走は苦手です〉とメールが返ってきた。ぼくはこのメールで、ヘンペイソクが変平足ではなく〈扁平足〉と漢字で書くことと、自分の扁平足がお父さんからの遺伝だったことを知った。

ギブスをはめだして一週間後に六月を迎《むか》え、夏服に衣替えしたぼくは捻挫《ねんざ》の回復具合を調べるために病院を訪ね、もう問題ないと永井先生から告げられた。扁平足の方は、土踏《つちふ》まずのでき具合を見るために三週間ごとに両足のレントゲンを撮《と》ることになった。

診察《しんさつ》をおえて待合室にもどると、ムラタさんが長椅子に座《すわ》っていた。ムラタさんは麻《あさ》の白いズボンをはいて白い開襟シャツを身につけ、クリーム色のパナマ帽《ぼう》をかぶってうたた寝《ね》をしていた。まるでギャングの親分のようなかっこうでちょっと怖《こわ》い感じがしたけど、シャツの胸もとからはよれよれのランニングシャツがのぞいていた。

「こんにちは。ムラタさん、こんにちは」

　ぼくが声をかけても、ムラタさんはまったく動かなかった。ぼくは帽子《ぼうし》に顔を近づけてもう一度声をかけた。

「こんにちは」

「おお」ムラタさんは帽子をとった。「誰かと思ったら、野球少年か」

「こんにちは。……あれ、少年は、なんでおれの名前を知ってるんだい」

「それは、その……」

「ああ、おれが自分で名のったのか。すまんすまん、ぼけちまってるから、自分がしゃべったこともすぐ忘れちまうんだ」

　ムラタさんはかしこまった顔でこくりと頭をさげた。ぼくは黙《だま》ったままつられるようにうなずいた。

「ところで少年、捻挫は治ったのかい」

「はい、治りました」

ぼくはムラタさんの隣に腰《こし》をおろした。ムラタさんは脱いだ帽子をぼくの頭にのせて笑《え》顔《がお》になった。

「快気祝《かいき》いにその帽子をあげよう。坊主頭の日除けにぴったりだ」

「でも、ぼくには大きすぎるから」

すっぽりと眉のあたりまでおおっていた帽子をとり、ぼくはムラタさんに返した。ムラタさんは受けとった帽子で鼻先をあおいだ。

「少年、その足はどうした。捻挫が治ったのに、また怪我《けが》でもしたのかい」

「これは、……ええと」

「言いたくないなら無理に言わんでもいい。少年でも、おれみたいな老人でも、他人に言いたくないことはいくらでもあるからな」

「実はぼく、扁平足なんです。それで、土踏まずを作ることになって、こうしてギブスをしてるんです」

「そうか、そうだったのか」

ムラタさんは感心したようにうなずき、突然《とつぜん》、また馬のように天を仰《あお》いで笑った。

「やっぱりおかしいですか?」

「そんなことはない」

ムラタさんはそう言うと、はいていた左足のスリッパをはらい飛ばした。ぼくはあわてて立ちあがり、受付の手前まで飛んでいったスリッパを拾ってもどった。

「少年、そっちからおれの足を見てごらん」

「はあ?」

ぼくが立ち止まると、ムラタさんは伸《の》ばした左足を左右に揺《ゆ》すってみせた。ぼくは中腰《ちゅうごし》になって顔を床《ゆか》に近づけ、ムラタさんの大きな足の裏をのぞきこんだ。

「あっ」

「どうだい?」

「……扁平足だ」

「そうだ、見事なもんだろ。八十年ものの扁平足だ」

「すげえ」

「おい、少年、くすぐってえよ」

ムラタさんの三十センチはある扁平足を目の前にして興奮《こうふん》し、ぼくは顔を近づけすぎた。気がつくと、鼻の頭がムラタさんの親指の裏にさわっていた。ぼくは顔をあげてあやまり、ムラタさんの左足にスリッパをはかせた。

「ギブスの具合はどうだい？」

ムラタさんは隣に座るよう手招きした。ぼくは長椅子に腰をおろして答えた。

「最初はちょっと変な感じがしたけど、もう慣《な》れました」

「野球はどうした？」

「土踏まずができてギブスがはずれるまでは、野球の練習には参加できないんです」

「そうか」ムラタさんは帽子の鍔《つば》で下顎《したあご》をかいた。下顎には白い不精《ぶしょう》ひげが伸びていた。

「だったら、放課後の時間はどうするつもりなんだ。勉強か？」

「いえ」

ぼくは口ごもった。

「どうした？」

「テレビゲームやって時間をつぶしてます」

「そうか」ムラタさんは帽子で顔をあおいだ。「それで、そのテレビゲームってのは面白いのかい」

「そんなには面白く、ないかな」

「そうか。だったら少年」

ムラタさんは帽子をかぶり、ゆっくりとぼくに顔をむけてきた。

「な、なんですか？」

「どうだい、おれと遊ばねえか」

「ムラタさんと、……ぼくが？」

「嫌かい」

受付からムラタさんの名前を呼ぶ佐藤さんの声が聞こえても、ムラタさんはぼくの目から視線をそらそうとしなかった。正面から間近に見るムラタさんの顔は、怖いぐらいかっこよかった。ギャングの親分などではなく、引退しても威厳《いげん》をたもっているヨーロッパのどこかの国王を見ているような気がした。額《ひたい》や眉間《みけん》にきざまれた深いしわや散らばっているしみまでが、かっこよかった。ぼくはムラタさんの目に吸いこまれそうな感覚を味わいながら息を整え、声をだした。

「お願いします」

「そうかい」ムラタさんはうれしそうに笑った。「だったら、おれの診察がおわるまで、ここで待っていてくれよ」

「はい」

ぼくは照れながら笑い、前回と同じようにムラタさんが立ちあがるのを手伝った。ムラタさんはぼくに帽子をあずけ、松葉杖《まつばづえ》をついて診察室へ入っていった。

4

診察室《しんさつしつ》から出てきたムラタさんは、松葉杖ではなく杖《つえ》をついていた。杖は木製らしく一定の間隔《かんかく》で節《ふし》があり、ニスか漆《うるし》が塗《ぬ》られているのか、表面はつやつやと輝《かがや》いて見えた。ぼくが近づいて帽子《ぼうし》を返すと、ムラタさんは帽子の鍔《つば》で頭をかいた。

「きれいな杖ですね」

ぼくはムラタさんの杖を指さした。杖はムラタさんの腰《こし》まであった。それは、ぼくの胸までの高さとほぼ同じだった。

「どうだい、にあうかい」

「はい、とっても」

「そりゃあよかった。じゃあ、行くぞ」

ムラタさんは右脚《みぎあし》をかばうように杖をつき、病院の玄関《げんかん》へと進んでいった。松葉杖はどうしたのかとぼくがたずねると、ムラタさんは院長に取りあげられたと答えた。

「永井先生に？」

「ああ、もう松葉杖はいいから杖を使って歩く練習をしてくださいと、ぬかしやがった」

「じゃあその杖は、永井先生からわたされたんですか？」

「そうだよ。あいつがプレゼントしてくれたんだ。わざわざ職人に注文して、おれの体にあわせて作ってもらったらしいぜ。あいつは、昔からおれのファンだからな」

永井先生とムラタさんの関係が気になったけど、ぼくは何も質問せずにムラタさんと進み、玄関の両側にある棚《たな》から白いズックを抜《ぬ》き出した。その白いズックは他のどんな靴《くつ》よりも大きかったから、ぼくは自信をもってムラタさんの足もとに並べた。

「ありがとよ」

ムラタさんは素足《すあし》のままズックをはき、玄関の前に出ると、左手で帽子を押《お》さえながら空を見あげた。ぼくは少しはなれてしげしげとムラタさんをながめた。

やっと西にかたむきはじめた六月の日ざしを浴び、ムラタさんの長く濃《こ》い影《かげ》がぼくの足もとまで伸《の》びていた。ムラタさんは少しだけ猫背《ねこぜ》だったけど、その姿はとても日本人とは思えないほどスマートで、美術の教科書にのっている海辺にたたずむ老人を描《えが》いた絵のようだった。

「もう夏だな」

そうつぶやいた直後、ムラタさんは肩《かた》が揺《ゆ》れるほど激しいくしゃみをした。ぼくが背中に手をあてて支えると、ムラタさんは礼を言って顔をあげた。すると、ムラタさんのひまわりの種ぐらい大きな鼻の穴からつつっと鼻水がたれた。

「ひゃあ！」

ぼくは思わず後ずさりして鼻水をよけた。ムラタさんは鼻水がたれていることに気づいていないらしく、たった今目をさましたように瞬《まばた》きをくりかえした。ぼくはちょっと迷ってからハンカチを取りだし、日ざしを浴びて虹色《にじいろ》に輝く鼻水をさっとふきとった。ぼくが他人の鼻水のために自分のハンカチを汚《よご》したのは、このときが初めてだった。

「梅雨《つゆ》は、まだか」

ムラタさんは太陽にむかって問いただすようにささやくとあくびをし、奇妙《きみょう》なほど長い人差し指で目をこすった。ぼくはムラタさんに気づかれないようハンカチをたたみ、ズボンのポケットに押しこんだ。

駐車場から歩道に出ると、ムラタさんは黙《だま》った。まるで、ぼくが近くにいることなど忘れてしまったかのようだった。ムラタさんが国道から左折してほそい道へと進むと、ぼくは後ろにまわり、ムラタさんの壁《かべ》のような背中を見ながらゆっくりと歩いた。ムラタさんは、ギブスをはめたぼくよりも歩くのが遅《おそ》かったけど、足を止めることはなかった。

小川にかかる石橋をわたって古い家が集まる山すその住宅街に入ると、道はますます狭《せま》くなった。車一台がやっと通れるぐらいの川沿いの道を歩く間、ぼくはムラタさんの杖の動きばかり目で追っていた。ムラタさんはもう何年も杖を使って歩いている人みたいにリズミカルに杖をつき、舗装《ほそう》がされていない路肩も淡々《たんたん》とやりすごした。

「少年」

歩きながらムラタさんが声をかけてきた。

「はい」

ぼくは顔をあげてムラタさんの背中を見た。白いシャツが汗で透《す》け、うきあがった背骨がうっすらと見えた。

「そろそろ着くぜ」

「はい」

「いちいち良い返事だな。なんだか、こっちまで元気になるぜ」

ムラタさんはそう言って足を止め、車が来ていないことを確かめて道を横切った。それから十メートルほど道なりに進み、一本杉《すぎ》の前におかれた地蔵《じぞう》の先を、ちょっとよろめきながら右に曲がった。ぼくは、赤いよだれかけが巻かれた地蔵をちらっと見て後につづいた。

板塀に囲まれた二階建ての家が、五メートルほど先にあらわれた。ぼくは足を止めてその家をながめた。

どちらかといえばこぢんまりとした木造で、一階部分の右半分に二階部分が乗っかるように重なっていた。二階の窓の奥《おく》には本棚が見えた。雨どいの角がゆがみ、さびた留《と》め具《ぐ》がぶらっとたれている。灰色の屋根瓦は西日をまともに反射し、庭に植えられた桜の葉が光をあびて輝いていた。門柱には、〈村田〉と黒く彫《ほ》られた木製の表札があった。ムラタさんは、村田さんだった。

古い住宅街ではよく見かけるタイプの家だけど、何か変な感じがした。何かが普通《ふつう》の家とは違《ちが》っていた。ぼくは蔦《つた》がからまる板塀を左端《ひだりはし》から右端まで見まわし、下から上へと時間をかけて顔を起こしていき、しばらく目をほそめたまま家全体を観察した。

家の後ろの方から犬の鳴き声がした。

生暖かい風が吹《ふ》いた。

「わかった」

思わず声がでた。ぼくが目の前にしている家は、普通の家のバランスよりも縦が長かった。一階部分も、二階部分も、間違いなくちょっとだけのっぽで、どちらも空から無理やり引っぱりあげられたように縦に間のびしている。

「村田さんの家らしいや」

ぼくは笑ってしまった。

「少年、どうした？　早くいらっしゃい」

門柱の奥、これまた縦に間のびしたように見える玄関のドアの前で、村田さんが声をあげた。ぼくは笑いをこらえながら歩き出して門柱をぬけ、玄関へと進んだ。

「おじゃまします」

玄関には村田さんが脱《ぬ》いだ白いズックと下駄《げた》が並んであった。ランチョンマットぐらいの大きさがある下駄をよく見ると、薄《うす》い墨色《すみいろ》の、土踏《つちふ》まずがまったくない足形がついていた。

下駄箱の上には溶岩《ようがん》と紫水晶《むらさきすいしょう》を組みあわせた置物があり、その周《まわ》りを八個のセミの抜け殻《がら》が囲んでいた。ぼくはビーチサンダルを脱いであがり、右手にある階段から二階を見あげてみた。横幅《よこはば》が狭く傾斜《けいしゃ》がきつい階段の先に、茶と黒の毛が不規則にまじりあった猫の尻尾《しっぽ》が見えた。ぼくがしばらく見つめても、尻尾はJの形のまま動かなかった。

「遠慮《えんりょ》するなよ」

左の奥から村田さんのしゃがれた声がとどいた。

玄関をあがった左手は食堂になっていた。食堂のほとんどは作業台のような大きな木製のテーブルが占《し》め、そのむこうに台所があった。テーブルの上には、数冊の百科事典や、二体の仏像や、万歳《ばんざい》をしているキューピー人形や、日傘《ひがさ》をさして臼《うす》に座《すわ》っているカエルの置物や、三本のワインボトルや、箸《はし》とスプーンと鉛筆がいっしょに入ったグラスや、形も大きさもばらばらの石や、黒いダイヤル式の電話機や、蝶《ちょう》の標本箱や、村田さんが脱いだパナマ帽などが無造作《むぞうさ》におかれていた。

テーブルの上の何がなんだかわからない物たちにひきつけられ、ぼくがふらっと半歩近づくと、床板《ゆかいた》が「ギィ」と音をたてた。もう半歩進むと、今度は「ギョィ」と鳴った。ぼくはテーブル観察をあきらめ、節がうずまく床板をできるだけ静かに歩き、左の奥へと進んだ。

「失礼します」

「おう、そこの猫をどかして、椅子《いす》に座りな」

村田さんは縁側《えんがわ》の窓をあけながら顎《あご》で指示《しじ》した。敷居《しきい》から半分ほど縁側にはみだすようにおかれたロッキングチェアを見おろすと、茶と黒の毛におおわれた猫が眠《ねむ》っていた。茶毛と黒毛の比率は半々だけどそれぞれが適当につながっていて、猫の顔は、まるで茶と黒の布きれを縫《ぬ》いあわせたようにまだらになっていた。ぼくは、さっき二階にいたはずの猫が瞬間移動したのではとふいに不安になり、その気持ちを隠《かく》すように猫の頭をなでた。

「この猫、名前は何ていうんですか?」

猫はかすかに白いひげを動かし、ちらっと目をあけてぼくをにらんだ。

「猫だ」

「だから、名前は」

「猫は、猫だ」

「猫は猫だけど、……だから、村田さんは何て呼んでるんですか、この猫」

村田さんは杖をついて縁側から畳《たたみ》の部屋に入り、ロッキングチェアの前を通ってシングルベッドの横まで進むとこちらをむき、後ろに倒《たお》れこむようにお尻《しり》からベッドに落ちた。その勢いでベッドの木枠《きわく》がきしみ、ベッドの横におかれた低いテーブルの上のペンケースが音をたてた。丸くなっていた猫は起きあがって面倒《めんどう》くさそうに一度伸びをし、ロッキングチェアから飛び降りた。

「猫という名の猫だ」

タオルが巻かれた枕《まくら》に右肘《みぎひじ》をついて頭をささえ、村田さんはほほえんだ。ぼくは納得がいかないまま揺れているロッキングチェアに腰をおろし、あらためて部屋の中を見まわした。

八畳《はちじょう》ほどの和室の右手には村田さんが横になっているベッドがおかれ、焦茶色《こげちゃいろ》のテーブルをはさんだ左手には本棚が二台並んでいた。正面には、お父さんの部屋にあるオーディオセットによく似た古いアンプと、レコード用のプレーヤーと、木製のスピーカーがおかれてあった。よく見ると、右側のスピーカーの後ろにある半開きの窓枠に、白い猫が座っていた。

「ぜんぜん風がこないな」

村田さんはぼくの肩越しに外をながめていた。ぼくはこちらを見ている白い猫から視線をそらし、椅子から立って鞄《かばん》をおき、庭に目をむけた。風はかすかに吹いてきていたけど生暖かく、桜の樹《き》を見あげるうちに汗がふきだした。

「悪いが、うちには扇風機《せんぷうき》しかねえんだ。クーラーの冷風にあたると、枯《か》れた体が折れちまうからな」

いつの間にか起きあがった村田さんが立ちあがり、本棚の陰《かげ》から扇風機を取りだしてスイッチをつけた。ぼくはそばまで歩みより、足もとがふらついている村田さんの腕《うで》をもって再びベッドに腰かけさせた。

「さて、何をして遊ぼうか」

村田さんはうれしそうに声をかけてきた。ぼくはテーブルと本棚の間で正座し、ゆっくりと首を回転させている扇風機の風を受けながら苦笑《くしょう》した。この部屋で村田さんと遊ぶ方法なんて、まったくうかんでこなかった。ぼくは村田さんと目をあわさないよう注意しつつ、もう一度部屋を見まわした。廊下《ろうか》と同じく高い天井《てんじょう》の板にも、節や木目が色濃くうきあがっていた。

「村田さんはこの部屋で、いつも何をしているんですか?」

「おれか？　おれは、何にもしてねえよ」村田さんはベッドに横になった。「このベッドにこうして体をあずけて、たまには縁側に座って、ただぼうっと樹を見あげて嫉妬《しっと》したり、鳥のさえずりを聞いて死んだ友だちを思いだしたり、風の流れを感じてインドの寺院をながめたり、太陽の動きを追いかけまわしたり、足もとで働く蟻《あり》たちの勤勉ぶりに感謝したり、……そうしているうちに、眠くなったら眠り、酒が飲みたくなったら飲む。それだけだ」

ふうんとうなずいてはみたけれど、村田さんの言っていることの半分もわからなかった。いったい、樹を見あげて何に嫉妬するというのか。風の流れを感じてインドの寺院をながめるってのは、……ちょっと頭がおかしいんじゃないか。ぼくは回転している扇風機を見つめながら、詩人と呼ばれる人たちは、きっとこういう風にわかりにくく話すのが好きなんだろうと思った。

古い扇風機は回転するたびにひきつったような音をもらした。会話がなくなると、その音だけが部屋に響《ひび》いた。ぼくはズボンのポケットから取り出したハンカチで額《ひたい》にたれてきた汗をふき、ふきおわってからそのハンカチで村田さんの鼻水をふいたことを思いだし、くらくらした。

「どうした?」

村田さんは上半身を起こし、大きなあくびをして目をこすった。ぼくは首を横にふってハンカチをしまった。

「村田さんは、この家に誰と住んでるんですか?」

「おれは、一人だよ」

「家族は、いないんですか?」

「いないね」

「じゃあ、村田さんは独身なんだ」

「それは、ちょっと違うな」

村田さんはそこで話を切り、テーブルの上にあった煙草《たばこ》に手を伸ばして火をつけた。大きな鼻の穴から出た煙《けむり》は、扇風機の風に吹かれて飛び散った。

「おれは七回結婚《けっこん》して、七回とも奥さんに逃《に》げられた」

「七回！」

ぼくの声にびっくりしたのか、じっとしていた白い猫が窓の外へ逃げだした。

「そんなに驚《おどろ》くなよ、八回目だってあるかもしれねえだろ」

村田さんは天井をむいて煙草の煙を吹きだし、そのまま乾《かわ》いた笑い声をだした。ぼくは村田さんの瘤《こぶ》のような喉仏《のどぼとけ》をじっと見つめ、この人は嘘《うそ》をついていると思った。七回も結婚するなんて、そんなことが、あるもんか。

「まあ、七回目の奥さんだけは、一昨年《おととし》、あの世に逃げちゃったんだけどな」

ぼくはうつむいて「あの世に逃げちゃった」という言葉の意味を考え、それが「死んじゃった」と同じ意味だとわかって顔をあげた。村田さんは目をほそめ、すぼめた口から煙を吐《は》いていた。ぼくはその顔をやっぱりかっこいいと感じつつ、詩人の話はいちいち面倒くさいと思った。

「今、おれと同居しているのは、さっきの、猫という名の猫と、あとは暇《ひま》つぶしに遊びにくる猫が三匹、……四匹」

「でも、その脚で、食事とか掃除《そうじ》とかはどうしてるんですか?」

「骨を折ってからは、歌舞伎《かぶき》好きの家政婦さんが、午後の二時に来てくれる」

「……そうなんだ」ぼくは次の質問を考えた。「骨は、その脚の骨はどうして折ったんですか?」

「これはな、今年の正月明けに、駅前のしがねえ居酒屋で酒飲んで、気分よく店を出たところでスッテンコロリンよ」

「……酔《よ》っぱらって、転んじゃったんですね」

「そういうことだ」

質問が、もう、なくなった。

ぼくはなんとか新しい質問の材料を探そうと、床に目をくばった。村田さんの足もとに、倒れた杖とずんぐりとした黒いウイスキーのボトルがあった。ベッドの陰にはほこりをかぶった英字新聞と水色のビー玉が見えた。テーブルの脚もとに、焦《こ》げ跡《あと》が三カ所できていた。

「どうした少年刑事《でか》、訊問《じんもん》はもうおわりか？　少年刑事が相手なら、おれは、何でも正直に白状するぜ」

村田さんは、テーブルの上の灰皿で煙草の火を消しながら笑った。ぼくは頭の中を見透かされているような気がして、焦《あせ》って口を開いた。

「独《ひと》りぼっちで、寂《さび》しくないですか？」

ぼくの声を聞いた村田さんはきつく唇《くちびる》をとじた。眉間《みけん》に深い縦じわが走った。ひどいことを言って怒《おこ》らせてしまった、とぼくが後悔《こうかい》したとたん、村田さんはほほえんだ。

「寂しさとは、おれが少年のころから友だちさ。今じゃあ、一心同体だ」

「一心、同体……」

「ああ、切っても切れない仲ってことさ」

「……そうですか」

「そうですか？　妙にあっさり引き下がるじゃねえか」

村田さんはいきなり下顎をつきあげ、またいななくように笑った。ぼくはあっけにとられて村田さんを見あげた。扇風機の風をまともにうけ、村田さんのよれた開襟《かいきん》シャツの襟《えり》がはためいた。そして、村田さんの背後でも何かがはためいた。ぼくは、村田さんの後ろの壁をのぞきこんだ。

そこには、画用紙サイズの紙が五枚、画鋲《がびょう》でとめてあった。ずいぶん長い間ベッド脇《わき》に貼《は》られているらしく、紙は五枚とも薄茶色に変色していた。ぼくは左端の紙を指さした。

「あれは、何ですか？」

「おっ、訊問再開かい」

村田さんはうれしそうにゆっくり上半身をねじり、後ろの壁に横一列に並んでいる紙を見て、「ああこれか」とつまらなさそうにつぶやいた。

「こいつらは、詩になる前の、おれのもやもやたちだ」

「……もやもや」

「そう、言葉にならないおれの感情だ」

ぜんぜん意味がわからない。だけど興味だけはさらに強くなり、ぼくはじっくりとそれぞれの紙を見なおした。よく見ると、五枚の紙にはいろんな物が貼りつけてあった。

左端の紙には、水色やオレンジ色の模様がついた透明《とうめい》なビー玉が三個。次の紙には何か動物のひげらしい毛が数十本、ビニールテープで列を組んで貼られている。しかも、三列。中央の紙にはインスタントカメラで撮《と》られた村田さんの顔写真が上段三枚、下段二枚に分かれて飾《かざ》られ、その次の紙には乾ききった葉っぱが一枚だけあった。そして右端の紙には、数字が書きこまれた薄緑色の領収書が貼られ、その領収書をおおうように白っぽい粉がまかれていた。

ますます意味がわからなくなった。

どうしてビー玉が紙にとめられているのか。強力な接着剤《せっちゃくざい》を使っているのは想像できたけど、どうしてそんなことをするのか、わからない。どうして動物のひげを並べているのか、……わからない。

「こんなもの、少年には面白《おもしろ》くねえだろ」

村田さんは笑《え》みをうかべていた。おだやかな笑顔《えがお》だった。ぼくは返事をせずに五枚の紙をもう一度時間をかけてながめ、この思いをどう言えばいいのか考えていた。

プロ野球の試合や好きなアニメを観ているときの面白さとは違うけど、面白くないわけではなかった。でも、楽しい感じもしない。それなのに、なぜかひきつけられてしまう。ビー玉も、動物（おそらくは猫）のひげも、インスタント写真も、葉っぱも、領収書も見たことがあるのに、どれも初めて目にしたような気がする。でも、うきうきはしない。だけど、……やっぱり気にかかる。

考えが、まとまらない。うまく言葉で整理できないから、村田さんに質問したいとは思っても、どうたずねればいいのかわからない。

ぼくはため息をもらした。

「どうした？　老《ふ》けこむには早いぜ」

村田さんがぼくの肩を軽くたたいた。ぼくは口をつぐんだまま真ん中の紙をにらんだ。

写真の中の村田さんは、今よりも若かった。特に左上の村田さんは髪《かみ》の量が多く、眉《まゆ》毛《げ》は黒々として太く、眼光《がんこう》も鋭《するど》かった。なんだか、顔全体から近寄りがたい雰囲気《ふんいき》がただよっていた。だけど、下段の二枚目の写真になると、村田さんの顔はゆるみ、髪も薄くなっている。今目の前にしている村田さんに近い顔だった。そこでふっと疑問がわいてきた。どうして六枚目の写真がないのか。上段には三枚写真があるのに、どうして下段には二枚しかないのか。

ぼくは勢いよく空白部分を指さし、村田さんにたずねた。

「どうして、どうしてあそこだけ写真が貼ってないんですか？」

「どれ」村田さんはつらそうに首をまわして後ろを見た。「ああ、あれか」

「なんだかバランスが悪いなあと思って」

「バランスも何も、撮るやつがいなくなったからな」

ぼくは指をおろした。村田さんは首をもどした。

「どういうことですか？」

「あれは、おれより二《ふた》まわり、つまり二十四歳《さい》も若いカメラマンが、毎年一枚ずつ、おれの誕生日に撮影《さつえい》してくれてたものなんだ。なかなかの売れっ子で忙《いそが》しいくせに、誕生日になるとかならずここにやって来て、いっしょに酒を飲んでばかな話をして、その合間にさっと撮りやがる。本人も酔ってるから、ピントはいつもぶれてんだけど、なかなかいい写真撮るんだよ。村田さんが死ぬまでつづけるとか言ってたけど、六枚目を撮る前に、本人が脳卒中で死にやがった。だから、六枚目は、ずっと空白だ」

話をおえた村田さんはうれしそうに笑った。ぼくは笑わなかった。笑えなかった。

「空白ってのは、不思議なものでな」

村田さんが二本目の煙草に火をつけた。

「あいつが生きていたらと思う気持ちとは別に、六枚目の写真が撮られなかったことで、ちょっとだけ永遠に近づけたような気になって、ぼんやりとうれしくなる」

「永遠、ですか」

ぼくはベッドにそって体育座りになり、うまそうに二本目の煙草を吸う村田さんの横顔を見あげた。

「永遠なんて、わかんねえよな」

「……ずっと、どこまでもずっと、という意味ですよね」

「ああ、そうだ。時間を超越《ちょうえつ》して無限《むげん》につづくことだ。だけど、そんなもの、誰も味わったことがないんだ」村田さんは二口しか吸っていない煙草を消し、軽く咳《せき》こんだ。「少年は、永遠を知っているかい?」

村田さんがぼくの顔をのぞきこんだ。ぼくは、照れながら首を横にふってみせた。

「おれも、この歳《とし》になっても、わかんねえ。だから、ここで横になってつらつらとこの紙をながめては、永遠を探しているうちに眠りこけるってわけだ」

ぼくは黙ったまま空白部分を見つめた。枯葉色になった紙面に集中するうちに周囲の写真がぼやけはじめ、何も貼られていない空間に、なぜかカメラのレンズがうきあがって見えた、気がした。

「少年、目が寄ってるぜ」

村田さんは目をほそめてぼくの頭をなでた。ぼくは首をすぼめてうつむいた。

「もやもやした思いが言葉にならないってのは、嫌《いや》なもんだ」

ぼくはうつむいたままうなずいた。

「少年、寂しいと悲しいは、どう違う?」

「ええと」ぼくは顔をあげた。「寂しいは、……独りぼっちで、悲しいは、……ええと、泣きたくなる気持ち」

「そうか」

「でも、ほんとうはよくわかんない」

「そうか」村田さんは小さくうなずいた。「少年、ちょっとおれを起こしてくれんか」

村田さんは右手をぼくの肩に伸ばした。ぼくは病院の待合室のときと同じように肩を貸し、村田さんの腰に腕をまわして立たせた。それから杖を拾いあげてわたし、村田さんに引きずられるように食堂へ移動した。

「たしか、新品があったはずだ」

テーブルに手をつき、村田さんは何かを探しはじめた。キューピー人形をどかし、日傘をさしたカエルの置物と千手観音像《せんじゅかんのんぞう》をテーブルの端までずらし、百科事典を二冊まとめて床へ落とした。

「何を探してるんですか」

ぼくは落ちた百科事典を拾ってたずねた。

「スケッチブックだよ。まだ使ってないやつがあったはずなんだ」村田さんはぶ然とした顔で蝶の標本箱をテーブルの中央へ移した。「あったあった。こんなところに隠れていやがった」

村田さんは満足そうに一冊のスケッチブックを取りあげた。文具店でよく売っているスケッチブックだった。

「ほら、プレゼントだ」

「ぼくに?」

「ああ、もやもやして言葉にならないものを、このスケッチブックの紙に貼りつけるんだ」

「さっきの、ビー玉やインスタント写真みたいに?」

「ああ。シンラバンショウ、相手が何だってかまやしねえ、まずは貼っちゃえばいい。大切なのは、自分がもやもやを感じた瞬間を採集することさ。そして、一枚ずつ部屋の壁にでも貼って、じっくりとむきあってみな。そこからもしも言葉がうきあがってきたら、さっとメモにでも残すんだな。きっと、少年の世界がちょっとだけ広く、深くなるぜ」

ぼくは受けとったスケッチブックの表紙をひらいた。何も描かれていない白い紙があった。……どうしよう。まったく見当がつかないまま紙を見ていると、村田さんはテーブルの中央に手を伸ばし、スケッチブックとほぼ同じ大きさの紙の束《たば》を取りあげた。

「これを見てごらん」

村田さんが差しだした紙の束には、上等な皮の表紙がついていた。ぼくはスケッチブックをテーブルの上におき、その表紙をなでてみた。何の皮かはわからなかったけど、滑《なめ》らかな手触《てざわ》りだった。表紙には、〈あたらしい図鑑99〉と書かれたラベルが貼られていた。

「中を見てもいいですか?」

「望むところだ」

ぼくは呼吸を整えて皮の表紙をめくった。めくったとたん、息をのんだ。

そこには、小枝に刺《さ》さったカエルの死骸《しがい》があった。干《ひ》からびたカエルは遠慮がちに万歳をするように左右の前肢《まえあし》をあげ、筋張《すじば》った後ろ肢を百八十度に広げていた。

「こいつ、どうだい?」

「……どうだいって、言われても」

ぼくはカエルから目をそらし、村田さんの顔を見た。

「なんだかうれしそうだろう。おそらくはモズにやられたと思うが、こいつ、納得した顔してるんだよな。こうなるのを待ってましたって顔だぜ。ウカトウセンの顔だ、うらやましい」

村田さんはカエルの顔を指さした。カエルの隣《となり》には、にじんだインク文字で〈天使。羽化登仙〉と縦に書かれていた。口をとじたカエルの顔は、言われてみればたしかに満足げに笑っているようにも見えたけど、それよりも不気味さの方がまさっていた。ぼくは、こんなものを紙に貼りつける村田さんが怖《こわ》くなり、そっと紙をめくった。

今度は、……。

何もなかった。

紙のいたるところにぽつぽつと丸く傷《いた》んだ箇所《かしょ》があるだけで、何も貼られてはいなかった。

「これは、……何ですか？」

「これは、雨のなごりだ」

「雨のなごり？」

「ああ、縁側に紙をおき忘れていたら、にわか雨が降ってきてな、気がついたときには、雨粒《あまつぶ》がうまいことちらばっていやがった」

村田さんの説明を聞いているうちに、頭がぼうっとしてくるのがわかった。何が面白いのか、何がもやもやなのか、ぼくにはちらっとも理解できなかった。カエルの死骸はカエルの死骸でしかなく、雨粒は雨粒でしかないじゃないか。

ぼくは、紙をめくるのが苦痛になった。

「一枚一枚、少年の言葉にならない思いがたまったら、おれが知り合いの製本屋に頼《たの》んで、これと同じように牛革《ぎゅうがわ》の表紙をつけて一冊にしてやるからな」

五時をしらせる『赤とんぼ』のメロディーが、縁側の外から聞こえてきた。ぼくは『あたらしい図鑑99』を村田さんに返した。

「そろそろ帰ります」

「そうか。じゃあ、忘れずにこれを持っていきな」村田さんはスケッチブックを指さした。「また、気がむいたら遊びにおいで。おれはいつでも待ってるぜ」

ぼくは返事をせずにうなずいた。

5

その夜、風呂《ふろ》に入ったぼくはまず、やっとそろいはじめた陰毛《いんもう》を見つめながら股間《こかん》を洗った。それから両腕《りょううで》、両脚《りょうあし》、背中、胸といった順番で泡《あわ》だらけになり、最後にギブスをはずした両足をていねいに洗った。

泡を流してバスタブにつかると、足だけ外につきだした。村田さんの三十センチを超《こ》える足とはくらべものにはならないけど、ぼくの足はギブスをつける前よりも大きくなったように見えた。ぼくは不安になって足を引きよせ、お湯の中で右足の裏をもんでみた。

ぷよぷよの柔《やわ》らかい肉が指に押《お》されてくぼみをつくり、指をはなすとゆっくり元にもどる。平らな足裏。ギブスをつける前と何も変わっていない。左足でも試《ため》したけど、まったく同じ反応だった。

ぼくはまた両足をバスタブの外に出し、自分の体とは違《ちが》う、別の生き物を見るような目でながめた。じっと見ていると、足の先に指があることが奇妙《きみょう》に思えてきた。しかも、五本。どうして四本でも六本でもなく、五本なのか。さらには、それぞれに爪《つめ》までついている。ぼくは親指と人差し指の間を開いてみた。V字になったすき間の下側に、水かきのような薄《うす》い肉が見えた。

「カエルだ」

浴室にぼくの声が響《ひび》いた。ぼくは、村田さんの家で見た干《ひ》からびたカエルを思いだした。あのカエルにもぼくにもある、水かき。水かきがあるのに、泳げない人間がいる。たとえば、トモは十メートルも泳げない。ばしゃばしゃと無駄《むだ》に手と足を動かしながら沈《しず》んでいく。ひょっとしたらトモの水かきは退化が進んでいて、完全になくなってたりして。そう考えると、トモはカエルからより進化した、つまりはぼくより進化した人間なのかもしれない。……ってことは、進化した人間のオスは、……。

「ばっかばかしい」

ぼくはお湯の中に顔も頭も沈め、考えることを中断した。

浴室から出て短パンとTシャツに着替《きが》え、食卓《しょくたく》をはさんでお母さんとむきあった。お父さんがベトナムに赴任《ふにん》してからは、朝も夜も、いつも二人で食事をしてきた。お母さんは、野球の練習でぼくの帰りが遅《おそ》くなってもかならず待っていて、いろいろと話をしながら食べたがるくせに、ぼくが野球の話をすると、ほとんど興味をしめさない。だから、いつの間にかぼくも野球の話をしなくなり、お母さんから質問されたことだけに答え、できるだけ早く食事をすますようになった。

この日、ぼくは村田さんの話をした。病院の待合室で出会った場面から、村田さんの家へ行ってスケッチブックをもらったところまで、お母さんの相づちや、「それで？」という短い問いかけや、「どうしてお宅までついて行っちゃうの」といった苦言にのせられて話をつづけた。お母さんは、ぼくの話を聞きながらご飯一杯《いっぱい》とピーマンの肉詰《にくづ》めを四個と野菜サラダをたいらげ、ぼくが話しおえると、

「そっか、村田周平《むらたしゅうへい》ってまだ生きてたんだ」

と言って冷えた麦茶を飲んだ。

「……どういうこと？」ぼくは箸《はし》をとめた。

「お母さん、村田さんのこと知ってるの？」

「だって、教科書に詩がのってたからね」

「そうか、永井先生もそう言ってた」

「だけど、わたしが高校生のときに、もうかなりの歳《とし》だったから、とっくに亡《な》くなってると思ってたのよ」

「ねえ、村田さんの詩、覚えてる？」

「たしか、『一本の樹』とかいうタイトルだったと思うけど、内容はぜんぜん覚えてない」

「いい詩なんだよね？」

「まあ、教科書にのるんだからね。それより純、ちゃんと食べなさいよ」

ぼくはピーマンの肉詰めを口にはこんだ。ピーマンの肉詰めはぼくの好物だったけど、ぼくは村田さんの詩を想像するのに夢中だった。いったい、あの村田さんがどんな詩を書くのか。

お母さんは、五個目に箸を伸《の》ばした。

「お母さん、詩って何？」

「詩？」

「国語の教科書で習って、授業で書かされたりしたけど、よくわからないんだよね、詩」

「それは難しい質問だね」お母さんは五個目のピーマンの肉詰めを頬《ほお》ばった。「純が教科書で習った詩って、何？」

「ええと、……」ぼくは必死で思いだした。「おうい雲よ、ゆうゆうと、馬鹿《ばか》にのんきそうじゃないか、どこまでゆくんだ、ずっと磐城平《いわきたいら》の方までゆくんか」

「出ました、山村暮鳥《やまむらぼちょう》の『雲』」

「すげえ、正解」

「定番中の定番だからね」

ぼくはお母さんの顔に見入った。お母さんが詩についていろいろ話をしていることがとても意外で、誰かに自慢《じまん》したいぐらいうれしかった。

「お母さんが今でも覚えてる詩、他にもある？」

「あるよ」

お母さんはピーマンの肉詰めを急いで食べきった。

「でも、ぱってうかんでくるのは、『土』という詩ぐらいかな」

「どういう詩？」

「蟻《あり》が、蝶《ちょう》の羽をひいて行く、ああ、ヨットのようだ」

お母さんはそこで箸をおき、空になったコップに麦茶をついで飲んだ。

「つづきは？」

「つづきなんてないわよ。これでおしまい」

ぼくは箸ではさんでいたピーマンの肉詰めを、ご飯の上に落とした。

「それで、おしまい？」

「そうよ。これ、有名な詩よ」

「ものすごく短いね」

「詩は短いのよ」

もうしばらく詩についてお母さんと話をつづけたけど、結局、詩が何なのか、ぼくは知ることができなかった。

夕食をおえたぼくは、いつものように五百ミリリットル入りの牛乳一パックを飲み、いりこ七匹をかじった。これは、リトルリーグを退団するときに、監督から身長を伸ばすのに効果があるとすすめられてはじめ、もう三ヵ月、毎朝晩つづけている補食だった。お母さんは「まるで儀式《ぎしき》ね」とあきれているけど、冷蔵庫にはいつも新しい牛乳パックを用意してくれている。

牛乳でふくらんだ腹をたたきながら自分の部屋にもどると、ぼくはエアコンの冷房《れいぼう》をつけてカーペットの床《ゆか》に座《すわ》り、村田さんからもらったスケッチブックを広げた。白い紙に目をこらしても、横になってながめてみても、もやもやとした感情はまったくわいてこなかった。

そもそも、「言葉にならない感情」という村田さんの説明がよくわからない。ぼくは国語は得意じゃなかった（初めての中間テストは64点だった）けど、喜怒哀楽《きどあいらく》の他にも、悔《くや》しいとか、わびしいとか、誇《ほこ》らしいとか、腹立たしいとか、情けないとか、感情を表す言葉ならいろいろ知っている。それでぜんぜん困らずに暮らしてきたのに、言葉にならない感情をスクラップするなんて……考えれば考えるほど、答のない問題を出されたような気がしてばかばかしくなり、ぼくは机にむかって学校の宿題にとりかかった。

宿題には必ず答がある。そう思うと、苦手な数学の問題がいつもより簡単に解《と》けた。

翌日、ぼくは放課後に図書室へ行ってみた。学校の図書室に入るのは初めてで、本棚《ほんだな》と本棚の間をぐるぐる二周してやっと詩集のコーナーを発見し、村田さんの詩集がないかと探してみた。だけど、村田さんの詩集は一冊もなかった。がっかりして帰宅し、お母さんにそのことを話すと、市の図書館だったらあるかもしれないと言われ、ぼくは次の土曜日、昼すぎに一人で行ってみた。

市役所の近くにある図書館は、三階建てだった。赤レンガでできた建物を見あげ、ぼくはかなり緊張《きんちょう》しながら受付へ行き、「日本人の詩集」がある場所をたずねた。受付にい

たお母さんぐらいの歳《とし》の女の人は、館内の案内図の二階右奥《みぎおく》のコーナーを丸印でかこみ、

「あまり充実《じゅうじつ》してないけど」と言ってぼくに差しだした。

ぼくは階段で二階にあがり、案内図を見ながら右奥にある本棚の前まで行き、村田さんの名前を探した。そこにある詩集はどれも古くさく、五十音順ではなくバラバラに並んでいた。中原中也《なかはらちゅうや》、三好達治《みよしたつじ》、室生犀星《むろうさいせい》、高村光太郎《たかむらこうたろう》、中野重治《なかのしげはる》、立原道造《たちはらみちぞう》、村野四郎《むらのしろう》、村田、……村田周平。

「あった」

ぼくは深呼吸して手を伸ばし、黄ばみが目だつその本を抜《ぬ》きだした。表紙には生《お》い茂《しげ》った樹々《きぎ》の葉を見あげて描《えが》いたような絵模様があり、その中央に、太い文字で〈一本の樹〉とあった。ぼくはそのタイトルを見つめたまま、いななき笑いをする村田さんの顔を思い出してうれしくなった。なぜか顔がゆるんできてしかたなく、うつむいたまま閲覧《えつらん》コーナーまで移動し、窓際の椅子《いす》に腰《こし》かけた。

表紙を開くと、黴《かび》くさい臭《にお》いがした。ぼくは鼻をこすって慎重《しんちょう》に紙をめくり、『一本の

樹』を読んだ。それは、こんな詩だった。

一本の樹

午前六時
陽炎に包まれた一本の樹を前に
俺は　唇を凍らせて立っている

鳥を焦がし
犬を溶かし
猫を切り裂き
女と子どもらを焼きはらい
鉄の飛行船を破壊した樹の前で

裸の俺は　瞬きを忘れて立っている

天空の在処すら知らなかった俺に
一本の樹が黙示する歴史の
輝きも
腐敗も
もう
意味はない

唇を凍らし　裸でしかない俺に
できることは
垂直で　あること

真昼の太陽を仰ぎ　樹の影に隠れても
垂直で息を吐き
糞を垂れ
精液を放出すること

午後十時
暗黒の夜空の下　一本の樹を前に
緑色の思想が陽炎となって
垂直であること

ぼくは三回読みなおした。読めない漢字（在処）もあったけど、四回目にはそこだけとばしてつぶやくように声に出してみた。

だけど、いったいこの詩が何を言いたいのかまったく、まったくわからなかった。どうして〈午前六時〉なのか？　〈飛行船を破壊した樹〉なんてあるのか？　なぜ裸《はだか》じゃないといけないのか、服を着てたって垂直に立つことはできるじゃないか。それに、垂直に立ったまま糞《くそ》をするなんて、精液を放出するなんて……。

五回目、六回目とくり返しても同じだった。それどころか、読み返すたびに、裸になって庭に立つ村田さんの後ろ姿が目の前にうかんできて困った。村田さんは、裸のままふんぞり返って庭の桜の樹を見あげ、なぜか満足そうにいななき笑いをしている。

「意味わかんねえ」

ぼくはため息をつき、髪《かみ》が伸びてきた頭をかきむしった。

「静かにしてください」

隣《となり》の閲覧用の机にむかっていた女子が、ぼくを見すえて注意した。目が大きな色の白い女子だった。ぼくが脳天に手をおいたまま頭をさげると、その子は笑《え》みをうかべて前髪をはらった。それからシャープペンシルを一度押し、広げたノートに視線を落とした。

髪はまっすぐに肩《かた》まで伸びていた。

鼻は高くてすらっとしていた。

長い睫毛《まつげ》はカールしていた。

うっすらとうかぶ頬《ほほ》の赤みは、なだらかに耳もとまでつづいていた。

耳に近いうなじには、小さなホクロが二個、あった。

ぼくは彼女に見とれてしまった自分に気づき、あわてて『一本の樹』とむきあった。もう読みなおす気はなかったけど、激しくなった胸の鼓動《こどう》をごまかすために、とにかく字面《じづら》だけをながめて時間をかせいだ。すると、〈裸〉と〈糞〉と〈精液〉の文字ばかりが目に飛びこんできて恥《は》ずかしくなった。ぼくは彼女に気づかれないように机の右端《みぎはし》まで本をずらし、横目で彼女の姿をながめた。

彼女はシャープペンシルをそっと唇《くちびる》にあてたまま開いた本に見入り、しばらくするとノートに何か書きはじめた。集中しているからか、横から見た彼女の目は切れ長に見えた。眼鏡《めがね》ケースのような形をした筆箱の前には、英語と数学の問題集が積まれていた。背表紙に目をこらすと、〈中学一年生用〉とあった。

同級生……。

直感で歳上だと思っていたぼくは、ますます戸惑《とまど》った。胸の鼓動はさらに速まり、口の中にどっと唾《つば》があふれてきた。ぼくはギブスを巻いた足を机の陰《かげ》に隠《かく》し、短い前髪を少しでも眉《まゆ》に近づけようと引っぱり、それから深呼吸をした。

村田さんの詩を読んでみるという目的は果たしたけれど、なんとかこのまま、少しでも長く彼女の近くにいたい、という思いがふきだしてきていた。さっき顔をあわせたばかりなのに、なんてこった。

なんてこった、おれ。

ぼくは、彼女の横顔をにらむように見つめ、口にたまった唾をすべて飲みこみ、背筋《せすじ》を伸ばし、腹筋に力をいれて息を整えた。一、二の、三。

「す、すみません」

声がかすれた。ぼくはもう一度、彼女に声をかけた。彼女はゆっくりと顔をあげ、強く瞬《まばた》きをしてからぼくを見た。

「何ですか?」

「すみませんけど、鉛筆、貸してもらえませんか」

「鉛筆?」

「はい、鉛筆を一本。この詩を書き写したいんだけど、書くものを何も持ってこなかったんで」

そう言いおえたぼくが乾《かわ》いた唇をなめると、彼女はまた笑みをうかべて筆箱から鉛筆を取りだし、ぼくがいる机の端に手を伸ばして転がした。

鉛筆はうまく転がらなかった。ぼくは立ちあがってその鉛筆を手にとった。

「どうもありがとう」

「紙はあるの?」

「こ、これがあるから」

ぼくは受付でもらった館内の案内図を彼女に見せた。

「そんなんじゃ、ちゃんと書けないじゃない」

彼女は机の上に広げていたノートの一番後ろのページを勢いよく破り、「はい」と言ってぼくに差しだした。ぼくは深々と頭をさげてその紙を受けとり、自分の椅子にもどった。そして、目いっぱい指先に力をいれて鉛筆を持ち、『一本の樹』を一字一字、できるだけ丁寧《ていねい》に、まるで彫刻刀《ちょうこくとう》で彫《ほ》りつけるように書き写していった。

ぼくの字はうまくないけど、時間をかけて本の文字に似せて書いたからか、いつもよりはずいぶんきれいに書けた。すべての言葉を書き写して顔をあげると、頭の後ろに人の気配を感じた。

「かっこいい詩だよね」

ふり返ったぼくの前に、彼女が立っていた。

「村田周平の詩でしょ、それ」

「うん」ぼくは二度うなずいた。「……よ、読んだの？」

「最近ね」

「そう、そうなんだ……」

「ちょっと難しいけど、でも、どんな状況《じょうきょう》にあっても自分なりに自分らしく、つまり垂直に生きていきたいというこの男性の気持ちは、とってもよく伝わってくる」

彼女はぼくが手にもっていた鉛筆をさりげなく奪《うば》い取って筆箱に入れ、トートバックにしまった。ぼくは紙に写した詩を見つめ、彼女に気づかれないように鼻息をもらした。

「じゃあ、わたしは帰るから。さようなら」

ぼくが顔をあげたときには、彼女はもう後ろ姿だった。彼女はぼくより十五センチ以上背が高く、満開のひまわりをデザインしたワンピースがとてもよくにあっていた。

6

彼女の後を追うように図書館を出てみたけれど、彼女の姿はどこにも見あたらなかった。ぼくは、ギブスが丸出しになった足もとを苦々しく見おろし、もらった紙をジーパンのポケットにしまい、いつも以上にゆっくりとした足取りで家に帰った。

パートが休みのお母さんは友だちと映画を観に行っていたので、家には誰もいなかった。ぼくは牛乳パックを持って自分の部屋に入り、お父さんに進学祝いにもらってから一度も使ったことがなかった国語辞典を、机の上の棚《たな》から抜《ぬ》き出した。それから『一本の樹』を書き写した紙を広げ、〈精液〉を辞典で調べた。

【精液】男性の生殖器から分泌する液。

ぼくは牛乳を一口飲み、次に〈生殖器〉を探してみた。

【生殖器】生物が有性生殖を営む器官。

ぼくはまた牛乳を一口飲み、今度は〈有性生殖〉に注目してページをめくった。

【有性生殖】〔生物で〕雌雄の区別があり、二つの結合によって新個体が発生する、生殖の方式。

結局なんだかよくわからず、ぼくは国語辞典をにらんだまま、うなってしまった。

「じゃあ、女性が分泌《ぶんぴつ》するのは何なんだ？」

独《ひと》り言《ごと》をいった自分に驚《おどろ》き、ぼくは部屋のドアに鍵《かぎ》をかけてから〈生理〉を調べた。なんだか悪いことをしているような気がしてきて焦《あせ》ったけど、何度もサ行のページをめくるうちにたどりついた。

説明は、二個あった。

【生理】①生きていることに伴うからだの働き。「―現象〔＝自然に起こる反射的な現象。たとえば、あくび〕」②月経。メンス。「―休暇・―日・―用品」。

あくびもメンスも同じ言葉でまとめられていることに、ぼくは少し混乱した。わざとあくびをしてみたら、牛乳くさいげっぷが出て情けなくなった。

ぼくは気をとりなおして〈月経〉を探した。

【月経】生殖器の成熟した女性の子宮に定期的に起こる生理的出血。また、その血。メンス。

図書館で会った彼女の、涼《すず》やかな横顔と颯爽《さっそう》とした後ろ姿が辞典の上にうかんできた。揺《ゆ》れるひまわり。

彼女にも月経があるのだろうか？

そう考えた瞬間《しゅんかん》、またドアが気になった。鍵までかけたのに、お母さんの目がこちらを見ている気がして怖《こわ》かった。ぼくはちらちらとドアを見ながらさらにページをめくり、〈成熟〉の意味を黙読《もくどく》した。

【成熟】十分に・熟す（成長する）こと。

これで決まりだ、とぼくは思った。彼女はもう十分に（ぼくより十五センチ以上は大きく）成長しているから、きっと生理がはじまっているに違《ちが》いない。つまり、彼女は定期的に子宮から出血している。彼女は熟している。だから、村田さんの詩の意味もわかるんだ。

そして、ぼくは十分に成長していない、まだまだ成熟にはほど遠いお子ちゃまなんだ。

「……まいったな」

つい声が出てしまった。ぼくは辞典を広げたままジーパンのボタンをはずし、ブリーフを引っぱって奥《おく》をのぞきこんだ。ちろちろと伸《の》びた陰毛《いんもう》が数本見えた。

「まだまだだぜ」

ぼくはため息をついた。

辞典の上から消えない彼女の後ろ姿は、どう見ても、ぼくより三年分は成熟していた。

7

翌週の月曜日、ぼくは学校に着くなり一年生の他のクラスを見てまわった。廊下《ろうか》を歩きながらできるだけ何気ない顔をして教室の中をうかがい、図書館で会った彼女がいないか確かめた。

あらためて見ると、夏服を着た同級生の女子たちは、妙《みょう》に大人っぽく見えた。国語辞典で調べた言葉の意味が頭の中で飛びかい、膨《ふく》らんだ胸や丸みをおびた腰《こし》のあたりについ目がいってしまう。ぼくは、彼女たちと目があわないことを願いつつ始業時間ぎりぎりまで廊下を往復してみたけど、図書館の彼女はどの教室にもいなかった。

ぼくは自分のクラスにもどると、うつむいたまま席についた。授業がはじまっても、ぼくの気持ちはなえたままだった。彼女に会いたい気持ちばかりが強くなり、教科書を見ても、ノートを見ても、数式が書かれた黒板を見ても、前の席に座《すわ》る高橋《たかはし》の後頭部を見ても、彼女の横顔がうかんできた。

彼女に恋をした。

それはもう間違《まちが》いがない。そんなことは、図書館で鉛筆を借りる前からわかっていた。その気持ちは小学三年生のときの初恋とはくらべものにならないほど強烈《きょうれつ》で、何を見てもすぐに彼女を思いだしてしまう。

ぼくは頬杖《ほおづえ》をつき、窓から空を見あげた。

青空にカブトムシの幼虫のような雲が二つ、重なるようにうかんでいた。梅雨《つゆ》入りが近づいて湿気《しっけ》が多いせいか、太陽は白くにじんで見えた。生暖かい風が窓から流れこみ、からかうように頬《ほほ》をなでた。

彼女はこの空を見ていないだろうと、ぼくは思った。彼女は今、どこか違う中学校の教室にいて、図書館のときと同じように真剣《しんけん》に机にむかっている。暑さにも湿気にもめげず、集中して授業を聞いている。きっと彼女は勉強もできて、体だけじゃなく、頭の中も成熟しているのだろう。

ぼくは鞄《かばん》の中から村田さんの詩を書き写した紙を取りだし、数学用のノートの上に広げた。彼女が「かっこいい詩だよね」とほめた『一本の樹』。この詩が理解できないうちは彼女とまともな会話ができない気がして、前の晩も、授業の予習もせずに何度となく読みなおした。読めなかった〈在処〉は漢和辞典で調べ、「ありか」と読むことを知った。

くり返し読んでみて気になったのは、タイトルにもなっている〈一本の樹〉だった。〈樹〉という言葉が何を表しているかはともかく、この〈樹〉に対して負けまいとしている男の気配だけは、ぼんやりと感じることができた。だけど、だからどうなんだと自問すると、よくわからない。「垂直に生きていきたいという男の人の気持ちは、とってもよく伝わってくる」と彼女は感想を語ったけど、ぼくは、そこまではっきりと言いきれない。

ぼくは終業のチャイムが鳴るまで『一本の樹』を読みつづけ、これから村田さんの家へ行ってみようと思った。

「村田さん、村田さ～ん」

門柱の前から玄関《げんかん》にむかって声をあげると、左手の庭の方から「こっちこっち」と村田さんの声がした。ぼくはその声に導かれ、玄関前をすどおりして庭へと進み、シーツとタオルケットと枕《まくら》カバーが干してある物干し竿《ざお》をよけて村田さんに近づいた。村田さんは初めて会ったときに着ていたパジャマ姿でロッキングチェアに座り、麦藁帽子《むぎわらぼうし》をかぶっていた。下駄《げた》をはいた足もとには長い杖《つえ》があった。

「何してるんですか」

「夏の沈黙《ちんもく》を聞いていた」

なんだよそれ、いきなりかっこつけんなよ。そう思いつつもぼくはうれしくなり、学帽をとって村田さんの隣《となり》の芝生《しばふ》に腰をおろした。

「夏の沈黙って、どんな音がするんですか?」

「おれにたずねる前に、自分で聞いてみな」

ぼくはハンカチで額《ひたい》の汗をふき、芝を見ながら耳をすました。

「どうだい?」

「ジージーっていう虫の声しかしない」

「ジージー?」村田さんはいななき笑いをし、ぼくの頭をなでまわした。「少年、沈黙とむきあうときは、まずは目をつむるんだよ。できるだけ、ゆっくりと」

村田さんの手がはなれた。ぼくは言われるまま目をとじた。髪《かみ》の生えぎわから新しい汗が流れ落ち、日ざしを浴びる瞼《まぶた》の裏側が、静かに赤みをおびていく。

「聞こえるかい?」

「まだ、何も」

ぼくは目をとじたまま正直に答えた。瞼の裏側に赤みがひろがるにつれ、左右の耳がじわじわと頭の上に登っていく感じがした。

「村田さん」

「どうした?」

「海岸が見える」

「そうか」

「波が打ち寄せてきて、白いしぶきがあがってる」

「波の音は聞こえるか?」

「まぶしすぎて、音はよくわからない」

「そりゃ残念だな」

「村田さんは?」

「おれは、炭酸水の泡《あわ》がはじける音を聞いている」

「コカコーラ?」

「違う。三ツ矢サイダーだ」

「うらやましいな」

「ありがとよ」

会話が途切《とぎ》れた。

喉《のど》がかわいた。汗が額にふきだして流れ、眉毛《まゆげ》にたまっていく。ぼくは我慢《がまん》できずに目をあけて汗をふき、村田さんの横顔をのぞきこんだ。村田さんは椅子《いす》の背にもたれ、口を半開きにしていた。眠《ねむ》っているようだった。

「ぼく、村田さんの詩を読みました」

村田さんの表情に変化はなかった。ぼくはズボンのポケットから紙を取りだし、『一本の樹』を朗読しはじめた。他人の前で詩を読むなんて初めてだったけど、なぜか、声に出して読む方がいいような気がして、ぼくはかすれ気味の声でゆっくりと読みつづけた。

最後まで読みおえて顔をあげると、村田さんは、麦藁帽子をひょいと持ちあげた。

「そんな大昔の詩を、ごくろうさん」

「一つ質問があるんですけど」

「なんだい」

「ここに出てくる〈樹〉って、何を意味してるんですか?」

「ハッハッハ、……ぎゅぇ」

村田さんはいななき笑いの途中《とちゅう》で痰《たん》がつまり、突然《とつぜん》、激しく咳《せき》こんだ。ぼくはあわてて立ちあがり、村田さんの背中をさすった。どうにか咳がおさまると、涙目《なみだめ》になった村田さんはねぎらうようにぼくの腕《うで》をトン、トンとたたき、

「どうか、その謎《なぞ》は自分で解《と》いておくれ」

と、きれぎれの声で言ってまた咳こんだ。

「他の言葉は意味を調べて、だいたいイメージできたんだけど……」

「辞書を引いたのか?」

「はい」ぼくは鞄の中から国語辞典を取りだし、ちらっと村田さんに見せた。「最近、こればっかり読んでます」

「そうか。少年も、ついに言葉の森に足を踏《ふ》みいれたか」

村田さんは右手の長い指でぼくの国語辞典の表紙をなでた。

「先生!」

背後から女性の声が響《ひび》いた。腹の底から怒鳴《どな》りつけるような迫力《はくりょく》のある声だった。ぼく

がびっくりしてふり返ると、パーマがかかった短い髪を紫色《むらさきいろ》に染め、オレンジ色のエプロンをした小肥《こぶと》りのおばさんが縁側《えんがわ》に立っていた。おばさんはぼくより五、六センチぐらい背が高かった。

「先生！」

おばさんは腕を組んでまた声を張りあげ、ぼくと目があうと面倒《めんどう》くさそうにちょろっと頭をさげた。ぼくもつられて頭をさげ、そっと国語辞典を鞄の中へ押《お》しいれた。

「庭に出るのは午前中だけにするって約束したでしょ。きょうは夏日なんだから麦藁帽子かぶってたって体温はどんどんあがるんですよ。熱中症《ねっちゅうしょう》にでもなったらどうするんですか」

おばさんは早口だった。村田さんは前をむいたまま麦藁帽子を持ちあげ、ひらひらと揺《ゆ》らして見せた。

「そんな所で倒《たお》れられでもしたら、あたし一人じゃ家の中にだって運べないんだから、勘《かん》弁《べん》してくださいよ」

村田さんは、何も言わずに同じ動作をくり返した。

「まったく」おばさんは腕をほどいて腰に手をあてた。「先生、お風呂場《ふろば》の掃除《そうじ》もおわりましたから、きょうは絶対に入ってくださいよ。それと、下着もパジャマもいいかげんに新しいのに替《か》えてくださいよ」

「ごくろうさん」

「アジの刺身《さしみ》とポテトサラダが冷蔵庫に入ってるんで、お風呂からあがったらお酒ばっかり飲まずにちゃんと食べるんですよ。夏こそ栄養とらないとますます歩けなくなっちゃいますから。梅干しとらっきょも忘れずに食べるんですよ」

麦藁帽子をかぶりなおした村田さんは、大きなあくびをして目をとじた。

「先生、お願いだからたまにはあたしの言うことも素直《すなお》に聞いてくださいよ、……先生！」

「……ああ」

「じゃあ、あたしはこれで失礼します」

おばさんは腰の後ろに手をまわしてエプロンのひもをほどき、食堂の方へ消えていった。ぼくはおばさんがいなくなった縁側に視線を残したまま、「すげえ」とつぶやいた。

「すげえだろ。あれが、おれの面倒を看《み》てくれている歌舞伎《かぶき》好きのお手伝いさんだ」村田さんは苦笑いしながら鼻をこすった。「叱《しか》り方がどうも芝居《しばい》くさくてな。縁側に立つと舞《ぶ》台《たい》にでも立った気になるのか、コアラみてえな小さい目をきっとつりあげて、団十郎《だんじゅうろう》が見《み》得《え》でも切るようにまくしたてやがる」

ぼくはうなだれた村田さんのうなじに目をやった。汗はまったくかいていなかったけど、ちらばったシミの間にある三個のホクロは、どれもにじんで見えた。

「でも、すごいパワーですね」

「迫力だけなら横綱《よこづな》さ」

「髪の毛、紫色でしたね」

「それなのに、名前は白川《しらかわ》ってんだから、……かなわねえよ」

笑っているのだろう、村田さんの肩《かた》が小きざみに震《ふる》えた。ぼくもつられて笑ってしまった。

見あげた先にある桜の葉が湿《しめ》った風に揺れ、葉と葉のすき間で日ざしがきらきらと瞬《また》たいた。そのきらめきがまぶしくて、ぼくは目をつむった。すると、すべての音が一気に消え去った。それでも目をあけずにいると、体が、頭が、ふわっとうきあがっていく感覚に包まれた。

「少年」

はっと我に返って目をあけると、村田さんは体をかがめて杖を拾っていた。

「どうしました」

「本日の探検はこれにて終了《しゅうりょう》。いざ、退散だ。悪いが、手を貸してくれ」

ぼくは村田さんの左腕をつかんで椅子から起こした。立ちあがった村田さんは麦藁帽子をぼくの頭にのせ、ゆっくりと縁側へ進んでいった。

村田さんが縁側に腰をおろすと、『赤とんぼ』のメロディーが流れてきた。

「帰るかい?」

ほんとうはもっといたかったけれど、ぼくは小さくうなずき、麦藁帽子を村田さんに手わたした。

「スクラップ、してみたか？」

「まだ、一枚も……」

「そうか」村田さんは麦藁帽子をかぶり、下顎《したあご》をなでた。「じゃあ本日のお土産《みやげ》に、少年に短い詩を贈《おく》ろうかな」

「ありがとうございます」

「礼は後からだ」

ぼくが苦笑いをすると、村田さんは目をほそめ、それから空を仰《あお》いだ。

「くつがえされた宝石のような朝、なんぴとか戸口にて誰かとささやく、それは神のせいたんの日」

時報代わりのメロディーが止《や》んだ。ぼくが黙《だま》って突《つ》っ立っていると、村田さんはまた同じ詩を、同じように朗々《ろうろう》と語った。

「どうだい？」

「う〜ん」

「まあいいや」村田さんはほほえんだ。「これは、ニシワキジュンザブロウという、おれの師匠《ししょう》みたいな詩人の『天気』という詩なんだが、意味なんてわからなくていいから、とにかく、だまされたと思って暗記しておけ」

「……はい」

「意味なんてもんは、ある日、ある時がくれば、ぱっとわかるもんさ。その瞬間《しゅんかん》、意味は、嫌《いや》でも少年のものになる」

「…………」

「いいかい、おれの詩を朗読する暇《ひま》があったら、この詩を何度も口に出してみな。きっと、少年の身に幸運が舞《ま》いこむぜ」

村田さんはいななき笑い、そしてまた咳《せき》こんだ。ぼくはその姿にあきれつつもかすかに胸の高鳴りを感じた。図書館の彼女の横顔が、咳こむ村田さんの頭のむこう側にうっすらと見えた。

村田さんを縁側から家の中に押しあげて別れると、ぼくは教わった『天気』という詩を復唱しながら小川沿いの道を歩いた。国道にもどって永井総合病院が近づくころには、〈くつがえされた宝石のような朝〉の映像が、目の前にはっきりとうかぶようになった。

それは、お母さんが大好きなダイヤモンドだけじゃなく、ルビーや真珠《しんじゅ》やオパールや、名前も知らない宝石たちがあふれるような光を放っている朝だった。村田さんの庭で見た木もれ日のきらめきより何万倍もまぶしく輝《かがや》き、とてもまともには見ていられないほどに美しい、奇跡《きせき》のような朝。

ぼくは、明日の朝、実際に家の玄関に立ってみようと考え、そのアイデアに気を良くしながら病院の前にさしかかった。歩道と駐車場の境界には横長のプランターが並んでいて、ポピーが紫やピンクや白の花を咲《さ》かせていた。ぼくは暑さでしおれた花々を見おろしながら進み、最後のプランターの前で足を止めた。

そこには、四十センチほどに成長したひまわりが五本、植えられていた。暑い日々がつづいてはいたけど、まだ五本とも茎《くき》はほそく、葉っぱはどれも薄《うす》い緑色だった。茎の先端《せんたん》にある花になる部分は、まだ緑色のブツブツがうかんできたところだった。あと一カ月もすれば、茎も葉もぐっとたくましくなって、黄色い大きな花をつけるだろう。

だけど、ぼくにはもう、満開のひまわりが見えていた。図書館の彼女が着ていたワンピース。競《きそ》いあうように大輪の花を咲かせるひまわりたち。

ぼくはあたりを見まわし、駐車場の先にある永井家の窓とベランダに人影《ひとかげ》がないのを確認して腰をかがめ、左から二番目のひまわりを引き抜《ぬ》いた。その瞬間、土の中にひろがっていた根がぶちぶちと音をたてて切れた。ぼくは背中を起こしながらもう歩き出し、根に土がついているのも気にせずにひまわりを鞄の中に隠《かく》した。

一度もふり返らずに帰宅したぼくは、すぐに自分の部屋に入り、机の上にあったスケッチブックから紙を一枚、破りとった。それから盗《ぬす》んできたひまわりを鞄から出し、白い紙の上においてみた。

花のないひまわりはみすぼらしかった。だけど、いや、だからこそ、ぼくは目の前の植物に興奮《こうふん》した。病院のひまわりを盗んだという罪悪感とは違う、もっと決定的にいけないことをしたという思いが湧《わ》きあがり、それが、ぼくをときめかせた。

ぼくはすでにしおれはじめたハート形の葉っぱに指を伸《の》ばし、生死を確かめるようにそっと触《ふ》れてみた。産毛《うぶげ》に似た感触《かんしょく》が、かすかに指先にひろがる。ぼくは気持ちを落ちつかせるために時間をかけて息を吐《は》き、ひまわりの根もとを折って紙の大きさに収まるよう工夫し、それからビニールテープで紙に貼《は》りつけた。

ひまわりに貼ったテープは、全部で十一カ所になった。根に残った細《こま》かい土は机の上にはらい落とし、村田さんをまねてベッドの横の壁《かべ》に画鋲《がびょう》で止め、床《ゆか》に正座してしばらくながめた。距離《きょり》をおいて見てみると、それがひまわりなのか何なのかよくわからなかった。道端《みちばた》によく生えている雑草のようだった。

だけど、ぼくは満足していた。そのみすぼらしい植物を貼った紙からは、間違いなく、ぼくの中にあるもやもやとして言葉にならない何かが、あふれ出していた。

ぼくは汗に濡《ぬ》れた制服を着たまま、お母さんが帰ってくるまでベッド脇《わき》の紙をながめつづけた。

8

翌朝は、雨だった。「梅雨《つゆ》入りしたから傘《かさ》を持って行きなさいよ」と叫《さけ》ぶお母さんの声を聞き、ぼくは玄関《げんかん》のドアノブをつかんだまま雨空を恨《うら》んだ。

翌日も、その翌日も雨だった。

学校からまっすぐ帰ったぼくは短パンとTシャツに着替《きが》え、ベッドに寝《ね》っ転がってひまわりをながめた。

ますますしおれていくひまわりを見ていると、無性《むしょう》に彼女に会いたくなった。今この瞬《しゅん》間《かん》、いったい彼女は何をしてすごしているのか。勉強しているのか、それとも何かクラブ活動をやっているのか。まったく見当がつかないから、なおさら頭の中がざわついてしかたがない。ぼくは、彼女がバレーボールやバスケットボールをしている姿を想像しようと目をつむってみた。だけど、ひまわり柄《がら》のワンピース姿ばかりが瞼《まぶた》の裏にちらついてくらくらしてしまい、いつの間にか呼吸がおかしくなった。ついには背中に汗までかいて気持ち悪く、ぼくは起きあがってベッドからはなれた。

今度は、立ったままひまわりとむきあった。

ひまわりは、たとえしおれていても、花がなくても、彼女にしか見えなかった。ぼくの目には、はっきりと彼女が映っていた。

ひらめいた。

ぼくは食堂のテーブルにあった昨日の新聞を持ってきて床《ゆか》にひろげ、その上にスケッチブックをおいて腰《こし》をおろし、両足のギブスをはずした。それから机のひきだしに手を伸《の》ばして中にあった墨汁《ぼくじゅう》と書道用の太筆をとりだし、左足の裏に墨《すみ》を塗《ぬ》りたくった。

筆先はこそばゆかった。特にギブスをあてていた足の中央部がむずむずし、ぼくは「ひゃっひゃっ」と声をあげながら筆を動かした。そして、踵《かかと》の隅《すみ》まで塗りおえると立ちあがり、スケッチブックの真上から足をおろした。

白い紙を踏《ふ》みつけたままひまわりを見て十秒数え、慎重《しんちょう》に足を引きあげた。右足だけで立って下を見ると、紙の中央に、土踏まずのない黒い足形ができていた。墨をつけすぎたのか、一本のしわも写っていなかった。五本の指がなければそれが足なのか何なのかもわかりにくい、べたっとした足形だった。

ぼくは左足をうかせ、捻挫《ねんざ》が治った右足でケンケンをしながら浴室へむかった。浴室でボディソープを足裏にくまなくつけ、お母さんが踵や肘《ひじ》の角質《かくしつ》を落とすためにおいているブラシでこすってシャワーのお湯をかけた。墨はきれいに流れ落ちた。

タオルで足をふいて部屋にもどると、足形はもう乾《かわ》いていた。ぼくはスケッチブックの紙を破り、ベッドの上にあがってひまわりの隣《となり》に画鋲《がびょう》で止め、二枚の紙を見くらべた。

しおれたひまわりも、しまりのない足形も、どちらもかなり不気味だった。なぜだろう、と考えながらぼくはもうしばらくながめ、それらが今まで見たことのないものだからだ、と思った。

しおれたり枯《か》れてしまったひまわりなら、夏のおわりに何度も見たことがある。人の足形だって、小学校のプールサイドで何十人分も見てきた。だけど、こうして白い紙の上に固定された形で見ると、それらはまったく別物のようだった。

ぼくは思った。

この足形は、ぼくだ。

べたっとしたしまりのない足形は、つまり、ぼくなんだ。ひまわりを見るたびに彼女を思いだすように、この足形を見ていると、まるで写真やビデオに映った自分を見ているような気分になる。野球をしているぼく。トモと並んでVサインをしているぼく。お父さんとお母さんにはさまれて動物園のキリンの前に立っているぼく。そういった昔の光景だけじゃなく、足形を見ている今のぼくの気持ちまで、足形に反映されているような気がしてくる。

こういう気分をなんと言うのか、ぼくにはわからない。きっとそれ専用の言葉があるんだろうけど、ぼくはまだ知らない。だけど、言葉は知らなくても、気分だけはもうぼくの中にある。まだもやもやした感情だけど、それは実感できる。

でも、……言葉がない。

頭が混乱してきた。

ぼくは村田さんのアドバイスを思いだし、ゆっくりと目をつむった。そして、『天気』を復唱した。

「くつがえされた宝石のような朝、なんぴとか戸口にて誰かとささやく、それは神のせいたんの日」

ほんとうに幸運が舞《ま》いこむとは信じていなかったけど、ぼくはあと三回、祈《いの》るような思いで『天気』を復唱した。

混乱はなかなかおさまらなかった。ぼくは目をあけると、机の上に飾《かざ》ってある野球の硬《こう》式《しき》ボールを手にとった。それは、去年の夏、リトルリーグの全国大会予選で地区優勝したときの記念ボールだった。ぼくは、そのボールにも墨を塗りはじめた。

硬球の縫《ぬ》い目はボンノウと同じ百八個あると監督に聞いたけど、数えたことはなかった。ぼくは筆先に神経を集中し、白い牛革《ぎゅうがわ》を汚《よご》さないよう注意しながら、赤い糸を少しずつ黒くしていった。

すべて塗りおえると、スケッチブックをまたいで立ち、白い紙の真上からボールを落とした。落下したボールは鈍《にぶ》い音をたててほとんど弾《はず》まず、落下地点のすぐそばで止まった。ぼくはつまむようにボールを拾いあげ、紙に三センチほど連《つら》なって残る「く」の字形の糸の跡《あと》を確かめると、またボールを落とした。そうやってボールを落としては拾う作業を自分の歳《とし》の数（つまり、十三回）つづけ、墨がかすれてしまったところで紙を破り、足形の隣《となり》に貼《は》ってみた。

足形とは別のぼくの分身があらわれるのではと期待したけど、紙にできた模様は、あっちこっちへとまとまって飛びまわる数羽の鳥か、黒い線香花火《せんこう》か、引きちぎられた十三匹のムカデにしか見えなかった。

「やっぱり不気味だ」

ぼくは長いため息をついた。

9

次の日から、ぼくは国語辞典を鞄《かばん》に入れて学校へ行くようになった。国語の時間にかぎらず、数学や理科の時間でも、登下校の最中でも、ふと頭にうかんだ気になる言葉は片《かた》っ端《ぱし》から辞典で調べ、解説文にそって赤のボールペンで線を引いていった。

一日目、ぼくは二十二個の言葉を調べた。それらの言葉とぼくが赤線を引いた意味をアイウエオ順に紹介《しょうかい》すると、次のようになる。

【一人前】①おとなひとりが一回に食べると考えた分量。②子供が大きくなって、おとなと同じ権利・義務を持つこと。③独立した社会人として恥ずかしくない生活能力・技芸を持つこと。

【羽化登仙】〔古代中国の信仰で〕人間に羽が生え、仙人になって天に上るという言い伝え。

【大人】①一人前に成長した人。〔自覚・自活能力も持ち、社会の裏表も少しずつ分かりかけて来た意味で言う〕②老成していること。

【義務】その立場にある人として当然やらなければいけないとされている事。

【権利】①物事を自分の意思によってなしうる資格。②ある利益を主張し、それを受けることの出来る力。

【ここ】①自分の居る場所や何かをしている所を、ほかならぬこの所だという意味で話し手が指す。②問題として主体的に取り上げている事柄を、話し手がこれだと指し示す。③現在に近い時間。最近。

【子供】①その人の子。子たち。②少年・少女や幼児。

【森羅万象】宇宙空間に存在する一切のもの。目に見え、耳に聞こえ、鼻でかぎ、手で触れ得る、ものすべて。

【成長】からだや心が育って、一人前の状態に・なる（近づく）こと。

【制服】ある集団に属する人が着る物として定められている服装。

【征服】なかなか言うことを聞かぬ・他人を武力で服従させること。

【清福】精神上の幸福。

【整復】骨折・脱臼などを、もとの正しい状態に直すこと。

【性欲】男女間の肉体的欲望。肉欲。

【制欲】欲情を抑えること。

【生来】生まれつき・〔生まれて以来〕そうであることを表わす。

【世界】①人間が住んでいたり行ってみたりすることが出来る、すべての所。②そのものとその同類で形作っている、なんらかの秩序が有ると考えられる集まり。

【机】書物を読んだり字を書いたりするための台。

【独立】他の束縛を受けず、自分の力や意思で行動・生活し存在すること。ひとりだち。

【扁平足】平たくて、土踏まずのくぼみが無い足。

【煩悩】〔仏教修行・精神安静のじゃまとなる〕一切の欲望・執着や、怒り・ねたみなど。

【欲情】①強く物を欲しがる心。欲心。②性欲（を起こすこと）。

もともと〈征服〉と〈清福〉と〈整復〉は調べるつもりはなかったけど、〈制服〉の左側に並んでいてつい読んでしまった。偶然《ぐうぜん》知った〈清福〉は、とっても魅力的《みりょくてき》な日本語だと思った。また、同じ読み方で〈性欲〉と〈制欲〉が並んでいるのが面白《おもしろ》かった。

土曜日が来て、朝から図書館へむかうときも国語辞典を持って行った。

一階にも二階にも三階にも、彼女の姿はなかった。ぼくは前回と同じ窓際の机にむかって古ぼけた村田さんの詩集を開き、そこにある知らない言葉や、頭にうかんだ言葉を辞典で調べながら彼女があらわれるのを待った。

辞典は時間つぶしにうってつけだった。読み方さえ間違《まちが》わなければどんな言葉だって意味がわかってしまうし、お目当ての言葉の近くにある未知の言葉の意味まで読めるんだから。しかも、その解説文が短くまとまっているから次々と読んでも疲《つか》れない。

たとえば。

〈ひまわり〉を引いたとき、隣《となり》に〈肥満〉があった。そして、その次の次に〈美味〉を見つけた瞬間《しゅんかん》、ぼくは智幸のことを思いだし、〈美味〉に目のない永井智幸くんは学校一の〈肥満〉です、と勝手に例文まで考えて笑った。だけどその直後、〈肥満〉の智幸と〈ひまわり〉の彼女が実は知り合いなのではという考えにおそわれ、もしもほんとうにそうだったら、ぼくはどんな顔をして智幸に会えばいいのかと真剣《しんけん》に迷った。

〈思想〉の近くに〈死相〉を見つけたときには、自宅の庭で椅子《いす》にすわって目をつむっている村田さんを思いだし、村田さんが死んでしまったような不安を感じた。不安を感じたまま『一本の樹』を読みなおすと、緑色の死相をうかべた村田さんがそこにいるような気分になり、なぜか、〈在処〉の二文字がとても気になった。

ぼくが一番長く時間をつかったのは、〈愛〉と〈恋〉の意味の違いについて考えることだった。辞典にある解説文はそれぞれ読んだけど、これだけは、もっと自分が実感できる言葉で理解したいと思い、ついつい考えこんでしまったのだ。

ぼくの感覚では、愛の方が恋より偉《えら》い。愛の方が深い。くらべものにならないぐらい深くて偉い。でも、そうは思ってみても、ぼくには実感がないから困ってしまう。ぼくが今、彼女に対して感じているこの思いが愛なのか、恋なのか、それだってよくわからない。単なるエッチな性欲ではないと思いたいのだけど、自分でははっきりと判断できない。恋より愛の方が偉いと感じるのだって、きっと今まで聴《き》いてきたヒット曲の歌詞や、いっぱい読んできたマンガに影響《えいきょう》を受けたからだ。じわじわと洗脳《せんのう》されて、いつからかそう思ってしまっただけだ。

実感のない言葉をつかうのは卑怯《ひきょう》な気がするから、ぼくはまだ、「ぼくはひまわりの彼女を愛している」とは、自信をもって言いきれない。

……面倒《めんどう》くさい。

言葉って、面倒くさい。

いったい、愛ってなんなんだ？

窓の外から正午をしらせるサイレンが鳴り響《ひび》いた。彼女はついにあらわれなかった。ぼくは待つのをあきらめて席を立ち、コピー機の前へと移動した。それから国語辞典の〈在処〉をコピー機にあて、その二文字がB5サイズの紙いっぱいになるまで拡大をくり返し、図書館を後にした。

帰宅する途中《とちゅう》、ぼくは智幸の家を訪ねた。六月になって智幸に会うのは、この日が初めてだった。玄関《げんかん》にあらわれた智幸の髪《かみ》は、五分刈《ごぶが》りよりもさらに短くなっていた。

突然《とつぜん》の訪問だったけど、智幸は喜んで三階にある自分の部屋へぼくを招き入れ、ぼくがお昼を食べてないと知ると一階の台所へおり、十分後、湯気をあげているチャーハンと冷えた缶《かん》入りの烏龍《ウーロン》茶を持ってもどってきた。

「ごちそうさま」ぼくは智幸に見守られながらチャーハンを食べおえた。「マジ、うまかった」

「どういたしまして」

白い半ズボンをはいてピンクの半袖《はんそで》Tシャツを着た智幸は、空になった皿をうれしそうに引きよせた。

「足の具合はどう?」

「扁平足《へんぺいそく》のまんまだよ」

「髪の毛、伸《の》びたね」

ぼくはうなずいた。

「トモはまた短くなったな」

「梅雨《つゆ》入りしてじめじめするから、思いきって五厘刈《ごりんが》りにしちゃった」

「頭だけは柔道部だ」

智幸は青々とした坊主頭《ぼうずあたま》をなでて笑ったけど、シャツの襟《えり》は汗でぬれていた。ぼくは烏龍茶を飲みながら窓際にある本棚《ほんだな》に目をむけた。本棚には、食材に関する図鑑や、いろんな料理本や、植物図鑑がずらっと並んでいた。

「トモ、おまえ、市の図書館へ行ったことある？」

「ないよ」

「一度も？」

「だって、どこにあるのかも知らないし、欲《ほ》しい本は買っちゃうから」

「そっか」

ぼくはほっとした気持ちが顔に出ないように注意し、智幸の鼻の下にうっすらと伸びたひげを見つめながらうなずいた。

「ジュンちゃんは、どうして図書館なんかに行ったの」

「ちょっと調べたいことがあったから」

さらりと自分の口から出た嘘《うそ》に、ぼくは感心した。智幸は正座していた足をくずし、エアコンの温度を二度さげた。智幸の脛《すね》は黒々とした毛におおわれていた。

「で、何を調べたの」

「もやもやした言葉にならない感情」

「……何それ？」

ぼくは村田さんとの出会いからその後のやりとりまでを手短《てみじか》に話し、だから今、もやもやした言葉にならない感情をスクラップしていると伝えた。

「ねえ、その村田さんっていう大きな詩人、かっこいいの？」

「よく馬みたいに笑うけど、黙《だま》ってると、外国の映画に出てくるギャングの親分よりかっこいい」

「へえ、すごいね」

「でも、七回も結婚《けっこん》して、七回とも奥《おく》さんに逃《に》げられたんだって」

「すごいすごい、ぼくも、その村田さんに会ってみたいな」

智幸は顔の前で何度も手を叩《たた》いた。その姿は、小さすぎるシンバルを叩く坊主頭の熊《くま》のようだった。ちょっと会わない間に、智幸のカマぶりがずいぶん進んだような気がして、ぼくは不安になった。

「で、ジュンちゃん、何をスクラップしたの?」

「まだ三つしかしてないんだ」

「たとえば?」

「ひまわり」

「素敵《すてき》」

「こうなったら正直に言うけど、そのひまわり、ここの病院の駐車場の隅《すみ》にあるプランターから引っこ抜《ぬ》いたんだ。ごめんな」

「そんなの気にしなくていいよ。どうせ、ママの暇《ひま》つぶしなんだから」智幸はまたエアコンの温度を一度さげた。「で、そのひまわりは、ジュンちゃんのどんな気持ちをあらわしてるの」

「だから、言葉にならない感情だよ。さっき説明しただろ」

「あっ、そっか」

「そうなの」

たとえ智幸が相手でも、彼女の話はできなかった。ぼくは烏龍茶を飲んで窓の外に目をやった。どんよりとした黒っぽい雲がたれこめていた。

「ジュンちゃん、ひまわりの花言葉って知ってる?」

「知らない」

「知りたい?」

「もったいぶらずに早く教えろよ」

「まあまあ、ジュンちゃんはほんとうにせっかちだよね」

智幸は目をほそめ、わざとらしく喉《のど》の調子を整えた。

「わたしは」

「……わたしは？」

「わたしは、あなただけを見つめます」

「嘘、……ほんとう？」

「ぼくは頭はよくないけど、こういう花言葉とか、誕生石とか、風水とかカラー占《うらな》いとかは、女子よりもくわしいんだよ。料理クラブでもぼくが一番くわしいんだから」

「トモ、すげえよ」

ひまわりの花言葉に、それを知ったこのタイミングに、ぼくは張り手をくらったぐらい驚《おどろ》いた。ぼくがひまわりをスクラップしたのは偶然《ぐうぜん》じゃなくて、ぼくの彼女への思いが導いたからなんだ……小さな奇跡《きせき》がぼくの身に起きていたんだ。村田さんが言ったとおり

『天気』を何度も復唱したからか……。ぼくは感動しすぎて瞬《まばた》きすらできなかった。目の前には、彼女のワンピースにデザインされたひまわりの花がはっきりと見えていた。

「どうしたの、顔、怖《こわ》いよ」

「だいじょうぶ」

「ひょっとしてジュンちゃん、好きな女の子ができたんじゃない？」

「ばか、変なこと言うな」

智幸がぼくの肩《かた》を小突《こづ》いた。智幸の力は予想以上だった。ぼくはあぐらをかいた体勢で真後ろにごろんと転がり、そのまま天井《てんじょう》を見あげた。そこにもひまわりの花が見えた。咲きほこる何万本ものひまわり畑の中を歩いていく彼女のひまわり。

「ジュンちゃん、この辞典どうしたの」

われに返って体を起こすと、智幸がぼくの紺色《こんいろ》のスポーツバッグに手をつっこんでいた。

「止《や》めろって」ぼくはあわててバッグを奪《うば》った。「勝手に見るなよ」

「ごめん」

智幸は口をすぼめてあやまった。ぼくはバッグの中をたしかめ、国語辞典を押《お》しこんでから〈在処〉をコピーしたB5サイズの紙を取りだし、しょげている智幸に差しだした。

「トモ、その漢字、読めるか？」

「……ざいしょ？」

「違う」

「ごめん、わかんない」

「ありか、って読むんだ」

「ジュンちゃんが好きになった子、ありかっていう名前なの」

「何言ってんだよ、こんな漢字を使った女の子の名前なんかあるかよ」

智幸はすまなさそうにうなずいた。ぼくは、智幸の手から紙を取りあげた。

「国語辞典に書かれている〈在処〉の意味は二つあって、一つは物のある場所。もう一つは、人のいる場所」

「なるほどね」

「なるほどって、おまえほんとうにわかったのか?」

ぼくが意地悪な聞き方をすると、智幸は本棚を指さした。

「ぼくは、『世界の魚類大図鑑』の在処を知っている」

「おお、いきなり正しいじゃん。やっぱ、トモは頭悪くないよ」

「そんなあ」

智幸は青い頭をなでながら照れた。

「じゃあ今度は、人のいる場所の意味でも使ってみてよ」

「人?」

「人の在処」

「人の在処、人の在処、……わかんない」

「やっぱりそうか、実はおれもわかんないいんだよ。人のいる場所っていわれても、わかりそうで、よくわかんない」

ぼくが正直に話すと、智幸は困ったような笑顔《えがお》になった。ぼくもつられて笑ってしまった。

雨が降り出した。

「おれたち、頭悪いのかな」

「どうかな」智幸はシャツの袖で額《ひたい》の汗をふいた。「ぼくはともかく、ジュンちゃんは、そんなに頭悪くないよ」

「そんなにってなんだよ」

「ごめん」

ぼくがため息をついてうつむくと、智幸もうつむいた。エアコンの音だけが部屋に響いた。黙って人の在処について考えているうちに、ふと智幸の成熟具合が気になり、ぼくは智幸のたくましい膝頭《ひざがしら》にしばらく見入ってから口をひらいた。

「トモ、変なこときいていい?」

「いいよ」

「トモ、どのぐらい陰毛《いんもう》生えた」

「ええええええええええ、……陰毛?」

「たくさん生えた？」

「他の人と見くらべたことないから、よくわかんないな」

「おれだってないよ。ないからトモにきいてんだよ」

「じゃあ」

智幸はゆっくりと立ちあがった。見あげた智幸はいつにもまして大きく見えた。

「このぐらいだよ」

半ズボンの腰《こし》ひもをゆるめた智幸は、半歩こちらに近づいて腰を斜《なな》めにし、ズボンの奥をぼくに見せた。

ぼくは息をのんだ。黒々とした長い陰毛が、へその真下でひしめきあっていた。

「……どうも、ありがとう」

「お礼なんていいよ」

智幸は腰ひもをむすびなおした。

「トモ、家の用事があるから、おれそろそろ帰るわ」

用事なんてなかったけどぼくはあわてて立ちあがり、智幸より先に部屋を出た。そして、玄関で透明《とうめい》なビニール傘《がさ》を借り、雨の中へと歩きだした。

家に帰ったぼくは、すぐにスポーツバッグから〈在処〉の二文字が写った紙を取りだした。それからその紙をスケッチブックにのりで貼《は》りつけ、壁《かべ》に止めてみた。所々がかすれた〈在処〉を正面から見ていると、智幸のもじゃもじゃした立派な陰毛が〈在処〉の上にうかんできた。

悔《くや》しかった。

うらやましかった。

ぼくはズボンの中に手をつっこんで短い陰毛を一本抜きとり、ビニールテープで〈在処〉の裏に貼りつけた。汗がしみこんだらしく、毛を抜いた毛穴がちくちく痛んだ。ぼくは右手で下腹部をさすりながら、もうしばらく〈在処〉を見つづけた。

10

毎日うっとうしい雨が降りつづく六月の中旬《ちゅうじゅん》、ぼくは久しぶりに永井総合病院で診察《しんさつ》を受けた。ぼくの両足のレントゲン写真を見た永井先生は、左の足裏近くにうっすらと写った骨を指さした。

「五十嵐くん、この骨がしっかりくっつけば、じきに土踏《つちふ》まずができるよ」

ぼくが口を半開きにしたまま写真を見あげていると、永井先生は、

「ここだよ、ここ」

と、もう一度白く写ったたこ糸のような骨を指さした。

永井先生が示したのは、親指側と踵《かかと》側から斜《なな》めに伸《の》びている骨が、ちょうどつながった箇所《かしょ》だった。つながっているのかぶつかっているのか、ぼくにはよくわからなかったけど、

先生の説明によると、この骨がしっかりすれば足裏の肉が上へ引きあげられ、自然と土踏まずができるらしい。

「この調子なら、もう一カ月もすれば、扁平足《へんぺいそく》も治るんじゃないかな」永井先生はレントゲン写真を見るためのライトを消してふり返った。「やっぱり成長期はすごいな、骨の伸びがすこぶる早い」

「ありがとうございます」

「きっと、夏休みより前にギブスがとれるよ」

「はい」

ぼくはうれしかった。手に持っていた、汗をすって黄ばみはじめたギブスに頬《ほお》ずりしたいぐらいうれしかった。

「ギブスがはずれたら、智幸くんとわたしと三人で海水浴行こうか」佐藤さんがぼくの肩《かた》に手をそえてきた。「先生も行きます？」

「わたしはだめだ。この歳《とし》で海に行ったら、すぐに具合が悪くなるからな」

「先生、それを言うなら、年齢《ねんれい》じゃなくて体重でしょう」

「おっと」

永井先生と佐藤さんが同時に笑いだした。どこが面白《おもしろ》いのかピンとはこなかったけど、ぼくは二人にはさまれたまま少し遅《おく》れて笑ってみせた。

頭の中では、ひまわりの彼女と海水浴に行っている場面を想像していた。

ひまわり柄《がら》のワンピースの水着を着て砂浜《すなはま》を歩く彼女。その後ろ姿はマンガ雑誌で見たグラビアアイドルにそっくりで、腰《こし》のくびれにそって黄色い花びらが弧《こ》を描《えが》いてふくらみ、日ざしをもろに浴びた太腿《ふともも》の外側はうっすらと赤くなっている。歩くたびに踵は砂に埋《う》まり、脚《あし》の影《かげ》が砂浜の上で左右に揺《ゆ》れ動く。彼女の影を踏まないように気をつけながら海へむかうぼくが足もとをふりかえると、すべての足跡《あしあと》には、くっきりとした土踏まずがあった。

ぼくの土踏まず。

その日の夜、ぼくは入浴前にまた足形をとった。

スケッチブックの紙に写った左足は前回とほとんど変わっていなかったけど、ぼくはレントゲン写真を思いだして見とれてしまった。ぼくの目には見えない足の骨の変化が、ぼくの十三歳《さい》の夏まで変えてしまう。そのまぶしすぎる予感は浴室に移ってもずっと頭からはなれず、ぼくのチンチンをかたくした。

11

この週の土曜日も、彼女は図書館にあらわれなかった。ぼくはニシワキジュンザブロウの詩集を読んですごし、彼の名前が西脇順三郎であることと、『天気』が、正しくは次のような詩だと知った。

天気

（覆された宝石）のような朝
何人か戸口にて誰かとささやく
それは神の生誕の日

（　）があるだけで、目の前に宝石箱がうかんできた。逆さまになった木製の箱からこぼれだした宝石たちは、解放を喜ぶように無邪気《むじゃき》に輝《かがや》き、周囲には光の渦《うず》がまきあがる。
だけど、ぼくが（　）よりも気になったのは、〈生誕〉という言葉だった。〈生誕〉は、〈誕生〉とどう違《ちが》うのか。どうして〈誕生〉ではだめなのか。ぼくは、持参したいつもの国語辞典でさっそく調べた。

【生誕】〔第一級の学者・宗教家・芸術家などが〕生まれること。

神様だけじゃなく、同じ人間同士でも第一級かそうじゃないかで〈生まれること〉を表す言葉が違ってくると知って、ぼくは感心した。感心してしばらくすると、この言葉の裏側に差別があるような気がして、少しだけ腹がたった。学校では、人類はみな平等と習ったのに、第一級といったランクづけはいったい誰が決めるのか。
次の週の土曜日も、彼女に会うことはできなかった。どうせ彼女は来ないだろうと予想していたぼくは、智幸と村田さんの家へ行く約束をしていて、午後二時半まで図書館で時間をつぶしてから外に出た。

約束した三時よりも七分早く病院の前に着くと、両手に大きなレジ袋《ぶくろ》を抱《かか》えた智幸が立っていた。

「ジュンちゃん、いい天気になってよかったね」

「こういうの、梅雨《つゆ》の晴れ間って言うらしいよ」

ぼくは水色のポロシャツの袖《そで》で額《ひたい》の汗をふいた。智幸は五十メートルも歩かないうちに汗びっしょりになっていた。五厘刈《ごりんが》りの頭から流れ落ちる汗で、ピンクのポロシャツはぴったりと背中に貼《は》りついていた。

「そんなに食材用意して、いったい何を作るんだ？」

「お年寄りにも食べやすくて元気が出るメニューをクラブのみんなと考えて、春雨《はるさめ》と卵のスープ、大根とくらげの酢《す》のもの、にら玉、なすのみそ炒《いた》め、それと、麦とろ用の材料を用意したんだ」

「そんなに作っても、村田さんは食べきれないと思うよ」

「心配しなくていいよ、あまったらぼくが全部食べるから」

ぼくが吐《は》くまねをして見せても智幸はうれしそうだった。一分でも早く料理にとりかかりたくてしかたがないといった顔つきだった。ぼくは、梅雨入りしてからまだ会っていない村田さんの顔を、一秒でも早く見たかった。

村田さんの家へ着くと、ぼくはさっさと門柱の間を通りすぎて庭をのぞき、村田さんの姿がないのをたしかめてから玄関《げんかん》のブザーを鳴らした。白川さんがあらわれるのではと身《み》構《がま》えてみたけど、なんの反応もなかった。ぼくは玄関のドアをあけ、食堂の左手にむかって大声で村田さんを呼んでみた。

「あがってこ〜い」

しゃがれた村田さんの声がした。痰《たん》に喉《のど》をふさがれたようなその声を聞き、ぼくは急いで家の中に入り、奥《おく》の部屋へと進んだ。

「いらっしゃい」

村田さんはベッドの背に枕《まくら》を立て、それに上半身をあずけていた。ぼくは縁側《えんがわ》に立ったまま後から来た智幸を紹介《しょうかい》し、彼に夕ご飯を作らせてほしいと頼《たの》んだ。

「ぼく、村田さんのために精一杯《せいいっぱい》がんばります！」

智幸がばかみたいに大きな声で宣言すると、村田さんはあっけにとられて口を開き、ゆっくりとくずれるように笑顔《えがお》になった。縁側で寝《ね》ていた、猫という名の猫は迷惑《めいわく》そうに起き出し、智幸の白い靴下《くつした》に体をこすりつけて去っていった。

「腕《うで》によりをかけたいので早速《さっそく》作りはじめたいんですけど、台所をお借りしてもいいですか」

「ああ、あなたの好きにおやんなさい」

村田さんの許可をもらって智幸が台所へむかうと、ぼくは村田さんのベッドに近づき、のんびりと首をまわしている扇風機《せんぷうき》の手前に腰《こし》をおろした。

「村田さん、やせましたか？」

「どうかな、体重なんて、病院でしか量らねえからな」

「前より目がくぼんで、ちょっと怖《こわ》いぐらい」

「そうかい。そりゃ困ったな」

そう言いながらも、村田さんはうれしそうに笑い、そして咳《せき》こんだ。村田さんの体もパジャマも汗くさく、ぼくは息をこらえて村田さんの背中をさすった。

「スクラップはどうだ？」

「五枚、たまりました」

「たいしたもんだ」

「実は今日、全部持ってきました」

「そりゃあいいや。ちょっと見せてくれよ」

「はい」

ぼくはスポーツバッグのファスナーをあけ、一枚ずつ村田さんに手わたした。村田さんは五枚すべてを受けとると、

「少年はいっさい説明しなくていいからな」

と珍《めずら》しく低い声でことわり、しおれきって茶色に変色したひまわりに視線をおとした。

ぼくは目の前でテストの採点をされているようで落ちつかず、しかたなく部屋の中を見まわした。

おかれている物も、その位置も、初めて訪ねたときと何も変わっていなかった。杖《つえ》もベッドの陰《かげ》に横たわっている。縁側の窓も反対側の壁《かべ》の小窓も同じようにあいているけど、前回よりもどんよりとした気配が強くただよっていた。村田さんがずっとベッドから動いていないからだ、とぼくは思った。

そんな中で目を引いたのが、本棚《ほんだな》にずらっと並んでいる二十数冊の文庫本だった。文庫本の赤や藍色《あいいろ》の背表紙には白い文字でタイトルが印刷されていて、そのかたまりだけは妙《みょう》に明るく目に映った。

作者名はすべてカタカナだった。そして、それらの名前の下や隣《となり》に、村田さんの名前が〈訳・〉という文字といっしょに印刷されていた。ぼくは村田さんにどういう本を翻訳《ほんやく》したのかたずねてみたいと思ったけど、じっとひまわりを見つめている村田さんの眼光《がんこう》の鋭《するど》さに気後《きおく》れして、声に出せなかった。

台所からはシンクに落ちる水の音がたびたび聞こえてきた。

「少年、まだ時間がかかるから、よかったら二階へ行ってこいよ」

村田さんは、ひまわりから目をそらさずに言った。

「二階には、何があるんですか」

「『あたらしい図鑑』の古いのが、本棚に並んでいる。いくつかは引っ越しで紛失《ふんしつ》しちまったけど、ざっとでも見てきたらいい」

「じゃあ、行ってみます」

「特に、1から3は必見だぜ」

「わかりました」

そんなに気は進まなかったけど、このまま座《すわ》っているよりはましだと思い、ぼくは立ちあがった。それから扇風機の首を村田さんの背中にむけて固定し、料理に集中している智幸の背中をちらっと見て食堂を横切り、急な階段を慎重《しんちょう》に踏《ふ》みしめて二階へあがった。

二階にあがるとすぐに板張りのせまい廊下《ろうか》があり、行き止まりの壁の前には、布で鏡をおおった鏡台がおかれていた。右手にある窓には鍵《かぎ》がかけられていたけどカーテンはなく、強い日ざしが左手の和室まで差しこんでいた。ぼくはおそるおそる襖《ふすま》の陰から和室の奥をのぞきこんだ。

六畳《ろくじょう》ほどの部屋の右には古い机があった。どっしりとしたその机の上には原稿《げんこう》用紙の束《たば》がきちんとおかれ、太い万年筆がたった今まで使われていたように紙の上にのっていた。机の先にある横長の窓からは、隣の家の松が見えた。

本棚は部屋の左手にあった。見るからに古くさい百科事典が本棚の下段を占《し》め、上の四段に『あたらしい図鑑』が並んでいた。石や小動物でもそのまま紙に貼ってしまうからか、それぞれの厚さはばらばらで、背表紙が七センチぐらいのものと二センチぐらいのものがまじりあっていた。

ぼくはざっと本棚を見まわし、最上段の左隅《ひだりすみ》にあった、背表紙がもっとも傷《いた》んでいる『あたらしい図鑑』をそっと抜《ぬ》きとった。その瞬間《しゅんかん》、紙の上部にたまっていたほこりが舞《ま》いあがった。ぼくは手で払《はら》ってほこりを遠ざけ、表紙に息を吹《ふ》きかけた。予想どおり、そこには〈あたらしい図鑑1〉とあった。

鼻水がついたハンカチでもつまむようにして表紙をめくると、領収書が出てきた。

〈村田様　金475円　但し、書籍代金〉

黄土色に変色したその領収書の外には、青いインク文字で〈語学力ト金ノ行方　不明〉と書かれていた。

次の紙にも領収書が貼ってあった。こちらは、〈立原病院〉が〈検査・治療費一式〉のために発行したものが七枚あり、右隅に〈アヤコ完治セズ　四歳ノ春〉と書かれていた。

ぼくは唾《つば》をのんだ。

嫌《いや》な予感がした。

知らない方がいい世界に突入《とつにゅう》してしまったかも、と怖《お》じ気《け》づきながら紙をめくると、子どもの手形が出てきた。朱色《しゅいろ》のなごりが親指の輪郭《りんかく》にわずかに残ってはいても、ほとんどは黒い大きなシミのようになってしまった小さな、小さな左手だった。その手の小指の第二関節から先は、まるで骨折でもしたように極端《きょくたん》に外をむいていた。

ぼくはまだ舞っているほこりも忘れて深く息を吸いこみ、手形の下に書かれた文字を読んだ。

〈天使ノ手

アヤコノ手
コノ手ニシカツカメヌ幸福ヲツカムタメニ
明日　羽根ヲ買イ求メヨウ
8、000、000ノ神ニ
一円ズツ借金ヲシテ

三月三日〉

この手は村田さんの娘《むすめ》さんの手に違いない。そう確信して紙をめくると、また手形があらわれた。次も、その次も、……一巻の最後まで十数枚、すべて手形が押《お》してあった。日付は四月六日、五月五日、六月十日、七月四日と変わっていて、時間がすぎるごとに手の大きさはわずかずつ成長していたけれど、小指は外をむいたままだった。

ぼくは『あたらしい図鑑1』を本棚にもどし、かわりに『あたらしい図鑑2』を手にとった。こちらにも手形は何枚かあったけど、それ以上に領収書が多かった。病院や書店だけでなく、酒屋や魚屋や印刷会社や工務店のものまで貼られていて、そのたびに〈貧〉

の一文字が書きそえられていた。

「なんだよこれ」

思わず独《ひと》り言《ごと》をつぶやいて最後の紙にたどりつくと、そこには鳥の羽根が一本、貼られてあった。薄茶色《うすちゃいろ》に白がまじった雀《すずめ》の羽根。表面に粉のようなものがふきだしたその羽根の右には、震《ふる》えるような文字で、

〈天使ハ　妻ニ連レ去ラレタ〉

と書かれていた。

ぼくは、しばらくその羽根から目がはなせなかった。自分では気づかないうちに長いため息までついていた。乾《かわ》ききってばさばさになった一本の羽根から言いようのないかなしみが次々とあふれてくるようで、ぼくまでかなしくなった。このかなしみは「悲しみ」なのか、それとも「哀しみ」なのか区別できないまま『あたらしい図鑑2』をとじ、ぼくは『あたらしい図鑑3』を手にした。

今度は、写真がたくさん貼られていた。

道路や地面に伸《の》びるビルや樹《き》や人の影《かげ》が写った白黒写真が七枚つづき、さらに紙をめくると、カサカサになった紙いっぱいに、黒々とした扁平足《へんぺいそく》の足形が押されていた。足は右足で、その次の紙には左足があった。図鑑を畳《たたみ》の上においてぼくの足とくらべてみると、優《ゆう》に二まわりは大きかった。

「まるで、雪男の足跡《あしあと》だ」

ぼくは声をあげずに笑って畳に腰をおろし、体育座りをしながら左足の足形をじっとながめた。足形の下には、〈垂直×水平×集団〉と書かれていた。

それにしても大きい扁平足だった。村田さんはこの足で立ち、もう八十年も生きてきたんだと思うと、なんだか、村田さんのことがとても誇《ほこ》らしく、じわじわとうれしい気分に包まれた。

いつの間にか猫という名の猫が隣に来ていた。猫は、ぼくの右の脇腹《わきばら》に体をこすりつけてからギブスに頭をぐいぐい押しつけ、それから図鑑の上で一つ大きなあくびをして丸くなった。ぼくは組んだ膝頭《ひざがしら》に顎《あご》をのせ、猫に目をほそめた。

雪男の足跡で眠《ねむ》る猫。

とっても幸福な光景を目撃《もくげき》しているような気がした。

「猫、……猫」

とささやきかけると、猫の左耳はすっと立って潜望鏡《せんぼうきょう》のようにあたりをうかがい、体に巻きついていた尻尾《しっぽ》は足跡の上を払うように動いた。尻尾の動きが止《や》むと、あたりの時間まで止まったようだった。日ざしが背中にあたって暑かったけど、ぼくはその体勢のまま猫の寝姿に見とれ、しばらくすると畳の上に横になった。


「ジュンちゃ〜ん、ごはん食べるよ〜」

智幸の声で目をあけると、猫はもういなかった。ずいぶん眠ってしまったらしく、右頬《みぎほほ》に畳の跡がついていた。ぼくは口の右端《みぎはし》からたれたよだれをふいて立ちあがり、『あたらしい図鑑3』を本棚にもどして階段をおりた。

縁側から見あげた空は青く澄《す》んでいた。とても夕食を食べる気になんてならなかったけど、村田さんのベッド脇のローテーブルには、すき間がないぐらい料理が並んでいた。回転している扇風機の風にのって、いろんないい香《かお》りが流れてきた。

村田さんは練習に疲《つか》れた野球選手のようにベッドの端に腰かけ、眉間《みけん》にしわを寄せて小《こ》鉢《ばち》を持ち、春雨と卵のスープに息をふきかけていた。ぼくのスクラップは枕の上にあった。

「さあ、ジュンちゃんもどんどん食べて」

智幸はピンクのエプロンをとって村田さんの正面に座った。ぼくは縁側を背にして腰をおろし、小声でいただきますと言って箸《はし》をとった。

「こりゃあうまい。たいしたもんだ」

村田さんは一口だけスープを飲んで顔をあげ、智幸に声をかけた。

「うれしい」

智幸はほんとうにうれしそうにはにかみ、満面の笑顔をぼくにむけてきた。

「いきなりほめられちゃった」

「よかったな」

ぼくはなすのみそ炒めを食べてみた。

うまかった。なすと豚《ぶた》のひき肉が、赤みそだけでなく、にんにくや生姜《しょうが》やねぎとも絶妙《ぜつみょう》にからみあい、食べれば食べるほどさらに食欲をそそった。

「どう？」

「お母さんが作ったのよりうまい」

ぼくは正直に答えた。

「ほんと？　ねえ、ほんと？」

暑いからか、それとも興奮《こうふん》しているのかはわからなかったけど、智幸の頬は赤らんでいた。ぼくはうなずいてご飯を頬《ほお》ばった。

「さすがカマブタ」

ぼくは、嫌味を口走った自分に驚《おどろ》いた。言われた智幸はまったく表情を変えずににら玉を口にはこび、その味に納得したようにふんふんと何度もうなずいた。

「カマブタってのは、なんだ?」

村田さんがぼくにたずねた。ぼくはわざとご飯をしつこく噛《か》みつづけ、返事ができないふりをして時間をかせいだ。

「豚みたいに肥《ふと》ったオカマのことです。上級生の一部が、ぼくをそう呼んでるんです」

智幸が正確に答えた。村田さんは自分からたずねたくせにまったく興味をしめさず、大きなあくびをして涙目《なみだめ》になった。

ぼくはますます気まずくなった。ご飯のほんわかした甘《あま》みが消えていった。

智幸の料理が村田さんにほめられたことが、ねたましかったのか。

ぼくは自分に問いかけた。それだけのことに嫉妬《しっと》したのだろうか。ぼくは国語辞典で調べた自己嫌悪《じこけんお》の意味(失敗したり自信をなくしたりして、自分で自分の存在が嫌になること)を実感して落ちこみ、気をまぎらすために大根とくらげの酢の物に箸を伸ばした。智幸はあいかわらずリズミカルに箸を動かし、どの料理もまんべんなく減らしていた。

食事中の智幸は、ぼくが知っている限り、世界中の誰よりも幸せそうな顔をしている。

目や口もとだけでなく、頬にも額にも下顎にも幸福が貼りついている。ぼくにまで「カマブタ」と呼ばれたのに、その表情はまったく変わらない。智幸は体だけでなく、きっと、心の器《うつわ》もぼくよりずっと大きいのだ。それが、またぼくの気持ちをなえさせる。自己嫌悪がぼくの味覚を支配して、何を食べてもすぐに苦味がまさってしまう。

村田さんはというと、酢の物を二口食べて箸をおき、目をほそめてぼくらの食事をながめている。

「もう食べないんですか」

ぼくは春雨と卵のスープを飲みほしてから村田さんにきいてみた。

「立派なごちそうにケチをつけるようでなんだが、おれの食事になくてはならないものが、ここにはないんだな」

「何が足りないんですか」

智幸は箸を止め、真顔《まがお》になってたずねた。

「そこで、未来の料理長にお願いだが」村田さんも真顔に、つまりギャングの親分顔になった。「冷蔵庫にある氷を、グラスかコップに一杯、たっぷりと入れてきてくれんか」

「お水ですか」

「氷だ」

村田さんの顔がさらに険《けわ》しくなった。智幸は体を揺《ゆ》らして立ちあがり、台所へと急いだ。すると、村田さんはベッドの下に手を伸ばしてずんぐりとした黒いウィスキーのボトルを取りだし、舌を出しておどけて見せた。

「どうだ、少年も飲むかい」

なんだこのじじい。

ぼくはあきれた。ヘルパーの白川さんが怒《おこ》るのも無理はないと思った。

智幸が言われたとおりグラスいっぱいに氷を入れて返ってくると、村田さんは真顔にもどって満足そうにグラスを受けとり、なみなみとウィスキーをそそいだ。

「これを飲むと、この腐《くさ》りかけた老体にも食欲がよみがえる。生きる気力が清水《しみず》のごとくわいてくる。不思議だよな」

村田さんはとがらせた口を顔の前にあるグラスに近づけた。グラスを持つ右手が小きざみに震えているために、ひと口分の酒をふくむだけで何秒もかかった。その横顔は年老いた鷲《わし》のようだった。

結局、村田さんは何も食べずにちびちびとウィスキーを飲みつづけた。村田さんが残した料理は智幸とぼくですべて平らげた。ほんとうは自分の分だけで満腹だったけど、ぼくは「カマブタ」と言ってしまったおわびの気持ちもあって智幸に協力した。

テーブルの上の皿や鉢がすべて空になると、智幸はすぐに片づけはじめた。ぼくも手伝おうと腰をうかしたとたん、「ジュンちゃんは村田さんのお相手を」と言い残し、智幸は重ねた皿と鉢を持って食堂へ移動した。

「永井くんは、たしかに繊細《せんさい》な男だな」

村田さんは食器がなくなったテーブルの上にグラスをおき、煙草《たばこ》に火をつけた。

「ぼくもそう思います」

「世の中には、がさつな女もいる」

ぼくは、ふとお母さんの顔を思い出してうなずいた。

「彼が男女のキョーカイで踏みとどまったら、きっと、いい詩が書けるぜ」

「……男女の、キョーカイ?」

「境界線の境界だ。肥ったオカマでもかまわねえ、男として生まれて女の気持ちで生きていければ、永井くんは、おれには死ぬまで見つけることができない言葉を、きっと手にいれられる。ちょっとうらやましいぐらいだぜ」

ぼくは村田さんの話の意味がのみこめないまま、それでも少しほっとしながら、扇風機の風でちりぢりになった白煙《はくえん》の行方《ゆくえ》を目で追った。

「ところでだ」村田さんはテーブルの脚《あし》もとにある灰皿で煙草の火をもみ消し、ぼくのスクラップを手にとった。「これ、面白《おもしろ》かったぜ」

「ありがとうございます」

「礼なんかいらねえよ。おれはただ、面白かったと言っただけだ」

「でも、こんなんでいいのかどうか、自信がなかったから」

「いいも悪いもあるもんか。大事なのは、ここに、あなたの言葉にならない感情が採集されているか、どうかだ。たとえば、この貧弱なひまわりが醜《みにく》いまでに枯《か》れ果てても、あなたが見れば、他の人間には見えないものが感じられる。あなたの中にある何かが、すっとよみがえる。それは、あなたの目にも見えないけれど、あなただけはそのものの深さや、豊かさに近づくことができる。それは、真夏の日ざしもとどかない、暗い海底の、さらに岩陰のような場所で、原始の言葉を抱《いだ》いてうたた寝をしているんだ。でもな、気まぐれな詩の女神が運よく手助けしてくれたら、あなたは、その言葉を手にいれることだってできる」

村田さんはそこで話を切り、苦しそうにひとつ咳をした。

「どうだい、わかるかい？」

ぼくは、村田さんがぼくを「あなた」と呼んだことに緊張《きんちょう》していた。

「前よりは、……少し」

「いいかい、詩は、あなたの詩は、いつだって見えないところに隠《かく》れているんだ。だから、まずは目をつむるんだ」

「はい！」

　そうきっぱりと返事をしたけど、もちろん、村田さんの話の中身を全部理解できたわけじゃなかった。だけど、こうして村田さんを見ているだけで、村田さんと話をしているだけで、詩がどんなものか、少しはわかるような気がした。もっと正確に言うと、ぼくには、村田さん自身が詩そのもののように思われてならなかった。

「腹もふくれたし、ちょいと縁側に移ろうか」

　ぼくはベッドの下にあった杖を村田さんに手わたし、それから村田さんの左脇に体をそえて腰をのばした。パジャマの悪臭《あくしゅう》にアルコールの臭《にお》いがからまりながら鼻をついてきたけど、ぼくは息を止めて踏んばり、汗だくになって村田さんを縁側へと移した。村田さんの足は熟した柿《かき》のように赤黒く腫《は》れていて、まともに歩くことができなかった。

「ちょっとばっかし背が伸びたか？」

　ロッキングチェアに座った村田さんは、庭を見たままきいてきた。ぼくは顔中の汗をふきながら首をひねった。

「測《はか》ってないから、わかりません」

「ジュンちゃんの背、伸びてるよ」緑色のタオルで手をふきながら智幸が声をかけてきた。「ここに来るとき、ぼくもそう思った」

「医者の息子が言ってんだから、間違いない」

村田さんはこの日初めてのいななき笑いをし、また咳こんだ。智幸はタオルを首にまいて村田さんの背中をさすり、咳がとまると、縁側に腰をおろしてあぐらをかいた。それを見てぼくも腰をおろし、両足を庭に投げ出した。ギブスがまかれた足の下には蟻《あり》の隊列ができていた。

「花のない桜も、いいよな」

村田さんがしみじみとした声で言った。蟻の行方を目で追っていたぼくは、あわてて顔をあげ、村田さんの正面に植わっている桜の樹に目をむけた。

軽自動車が三台も縦に駐車すればいっぱいになりそうな庭の広さにくらべて、その桜は大きすぎる気がした。幹から張りだした枝も太く、そこから伸びる小枝は、濃《こ》い緑の葉におおわれてほとんど見えなかった。

「樹齢《じゅれい》はどれぐらいですか？」

智幸がたずねた。ぼくは首を前に出し、ロッキングチェアをはさんで反対側にいる智幸の顔をのぞきこんだ。智幸は首にまいたタオルで赤らんだ頬をなでていた。

「よくは知らんが、おれが十二年前にこの家に来たときは、もうあった」

「ここは、村田さんが建てた家じゃないんですか？」

今度はぼくがたずねた。

「ああ、七回目の奥さんの死んだ亭主《ていしゅ》が建てたらしい」

「でもこの家、玄関から何から、ちょっと縦長ですよね」

「それはな、その死んだ亭主という人が背が高かったからなんだ。おれは会ったことはないが、おれよりものっぽだったらしいぜ」

「村田さんより背が高いんですか……」

「いわゆる、巨人《きょじん》だな」

「わかった」智幸が口をはさんだ。「亡《な》くなった奥さんは、ものすごく背が高い人が好みだったんだ」

「だったら、おれは自分の身長に感謝しなくちゃいけねえな」

村田さんは桜の樹を見あげたままほほえんだ。智幸はあぐらをかいたままごろんと後ろへ倒《たお》れ、「食べすぎた」とつぶやいて腹をなでた。村田さんはその声を聞いてロッキングチェアをかすかに揺らし、ふいにぼくにささやいた。

「少年は、恋をしたな」

「えっ」

ぼくはどぎまぎした。照れちゃいけないと思うとよけいに焦《あせ》った。新しい汗がふきだした。

「やっぱりなあ」智幸が仰《あお》むけのまま大きな声をだした。「村田さん、ジュンちゃんは、アリカって子に恋をしてるんですよ」

「アリカ?」

ぼくは立ちあがってロッキングチェアの後ろをまわり、縁側に仰むけになっている智幸の頭をはたいた。村田さんはロッキングチェアに深くもたれていななき笑いをした。ぼくは村田さんの背後でいななき笑いをまね、それから元の場所にもどった。

「アリカでも、アフリカでも、カナリヤでも、好きになったもんはしかたがない、大いに恋にはげめばよろしい」

「そんなんじゃないですよ」

「恋をすれば、いやでも嘘《うそ》をおぼえる。嘘がうまくなる」

「どうしてですか?」

智幸が、仰むけのまま頭をさすりながらたずねた。

「恋した男は、どうしてもかっこうをつけようとする。かっこうをつけるにはやせ我慢《がまん》が必要だから、男は、やせ我慢のために嘘をおぼえるんだ。あら、ホウレン草はお嫌《きら》いですかってほれた女にきかれたら、ほんとうは嫌いでも、いやいや大好物ですと笑って、ポパイのように食べつくす。これが、恋した男の正しい姿だ」

「女は?」

「それが、……わからんのだよ」村田さんはロッキングチェアの揺れを止め、智幸の顔をのぞきこんだ。「わかんねえから、観察と分析をかねて何度も女に恋してみたが、結局は、いつも痛い目にあって逃《に》げられた」

村田さんはそう言うと桜の樹を仰ぎ、これまでで一番豪快《ごうかい》ないなき笑いをし、途中《とちゅう》から咳こんだ。ぼくは蟻の隊列に目をむけてひまわりの彼女の顔を思い出し、やせ我慢以前の問題だ、と胸の奥でつぶやいた。

「少年、どうかいい嘘をおぼえておくれ」

「だから、そんなんじゃないって」

ぼくは蟻をにらんだまま語気をあらげた。

「そうむきになるな。恋ができるのは、未熟なうちだから」

「そうなんですか?」

智幸が起きあがりながらたずねた。

「そうさ、虫や花や」村田さんは手にしていた杖で桜の樹をさした。「ああいう樹は成熟しているから、恋なんてしない。ただ子孫を残すために生殖《せいしょく》はするが、そこに恋はない。だが、猿《さる》や猫や、いわんやもっとも未熟な人間たちは、いちいち恋をして相手を求めていく」

「ってことは、ジュンちゃんが恋をしているのは、五十嵐純は人間であるという証明なんだ」

「そうだ」

「なるほどね」

「カマブタくんもこれから熱烈《ねつれつ》なる恋をして、おれは未熟な人間だってみんなに見せつけてやればいい」

「はい！」

「でも」

智幸の返事にぼくの声が重なった。ぼくはもう一度言いなおした。

「でも、村田さんは恋をしないんですか？」

「おれはもう、恋なんてしない。する資格がない」

ぽかんと口をあけた智幸は、突然、わざとらしくぽんと手をたたいた。

「わかった、村田さんは成熟したんですね」

「おかげさまでな」

「すごい、なんだかすごい。村田さんは、もう人間じゃないんだ」

ぼくは智幸の脳天気ぶりにいらだった。自分の言っていることの意味がわかっているのか、と猛烈《もうれつ》に腹がたってきて我慢できず、右足のギブスをはずしてまた立ちあがり、二つ折りにしたギブスで智幸の後頭部をたたいた。

さすがに石膏《せっこう》はかたかった。ギブスが五厘頭にあたった瞬間、鈍《にぶ》い音がして手がしびれた。

「これこれ」

村田さんが珍しく困った顔を見せた。智幸は頭を抱えてうずくまった。

「トモごめんよ。でもな、おまえも少しは、ちゃんと言葉の意味を考えてから話せよ」

自分でもかなり偉《えら》そうだと思ったけど、柄《がら》にもないと思ったけど、ぼくはそう言わずにはいられなかった。村田さんは風呂《ふろ》に入ってなくても、娘をつれて奥さんに逃げられても、酒ばかり飲んでまともに食事をしなくても、七人目の奥さんに先立たれても、人間なんだから。でっかい人間なんだから。

なんて言ったって、今もこうして生きているんだから。ここにいるんだから。

涙が出そうになった。

「トイレ、借ります」

ぼくは二人に背中をむけて歩きだした。右足のギブスをはずしたままだったので、歩くたびに右肩《みぎかた》がさがった。足の裏でじかに感じる板張りの廊下は、ひんやりとしていて気持ちがよかった。

縁側の奥にあるトイレからもどると、智幸がいつものおだやかな顔で立っていた。

「頭、だいじょうぶか?」

「だいじょうぶじゃない、瘤《こぶ》ができた」

「ごめん」

ぼくはぶっきらぼうにあやまった。

「それよりジュンちゃん、これ見てよ」

智幸は廊下を指さした。そこには、ぼくの足跡が残っていた。

「ほら、ここ」智幸は指をさしたまま腰をかがめた。「土踏まずができてるよ」

「嘘!」

ぼくはかすれ気味の声で叫《さけ》び、智幸の横で腰をかがめて足跡をのぞきこんだ。

土踏まずが、……あった。

足跡の左側が、まるで地図で見たどこかの湾のように内側にえぐれていた。

「おめでとう」

村田さんが声をかけてきた。ぼくが返事を忘れてまだ足跡に見入っていると、智幸が台所でタオルを濡《ぬ》らしてもどり、廊下にそのタオルをおいてぼくの肩をたたいた。

「これで足濡らして、たしかめてごらんよ」

ぼくは智幸の指示《しじ》にうなずいて右足の裏側を濡れタオルで湿《しめ》らせ、廊下を歩いた。端まで行くとふり返ってまた歩き、智幸の隣で止まった。

「ほら」智幸はまた廊下を指さした。「最初は水分が多すぎるからべちゃっとしてるけど、途中からは、ほら、どの足跡にもちゃんと土踏まずがあるよ」

「……うん」

「このままもう少し我慢してギブスをしてれば、もっとはっきりした土踏まずになるよ」

「うん」

「よかったな、少年」

村田さんは庭に目をやっていた。ぼくは村田さんの薄くなった頭にうなずいてから返事をした。

「ありがとうございます」

「今夜、また足形のスクラップが増えるな」

「はい」

「今年は、いい夏になりそうだ」

五時をしらせる『赤とんぼ』が流れてきた。すると、智幸がメロディーにあわせて歌いはじめた。ぼくもつられてつづくと、村田さんまでうれしそうに歌いだした。村田さんの歌声はきれぎれで音程もはずれていたけど、歌詞は正しかった。変声期を迎《むか》えているぼくと智幸は、まったく高い声がでなかった。

「ひでえ歌だ」

メロディーが消えた直後、村田さんはそう言ってぼくらを見あげ、また大きな声でいななき笑いをしてみせた。

12

期末試験を一週間後にひかえた六月二十七日、全部のクラブ活動が中止になった。ぼくは授業がおわると、職員室に深谷監督を訪ねた。白いワイシャツに水色のネクタイをした深谷監督は、読んでいたスポーツ新聞をとじて立ちあがり、夏休みから練習に復帰させてほしいと伝えると、いきなりぼくの頭をつかんできた。

「ずいぶん髪《かみ》が伸《の》びたな」

「夏休みには短くしてきます」

「ひょっとして、身長も伸びたんじゃないか」

「二センチ伸びました」

「足は、もう痛くないのか」

「だいじょうぶです。永井先生の許可ももらいました」

「じゃあ気持ちよく練習に出るためにも、期末試験がんばれよ」

職員室を出て下駄箱《げたばこ》へむかう途中《とちゅう》、この一カ月で二センチも伸びた身長がうれしくてしかたなく、ぼくは窓ガラスに映る自分の姿をちらちらちらちら横目でチェックした。

間違《まちが》いなく背は伸びている。

このペースでいけば一年で二十四センチも背が高くなるのかと思うと、ぼくはそれだけで落ち着きをなくしてしまい、すれちがう同級生や先生たち全員に笑顔《えがお》をふりまきそうになった。

自宅の自分の部屋の壁《かべ》には、もう十四枚の足形が貼《は》られていた。智幸といっしょに村田さんの家を訪ねた日から毎日足形をとりつづけ、壁をおおいはじめた足形の記録をながめるのが朝と夜の日課になっている。

昨日と今日ではほとんど変化がなくても、五日前と今日をくらべると、ひと目で土踏《つちふ》まずが広がっているとわかる。土踏まずが広がればそれだけ身長も伸びていると実感でき、つい、ひまわりの彼女の肩《かた》に手をそえて図書館の前を歩く自分を想像してしまう。七月がすぎ、八月がすぎ、九月がすぎて本格的な読書の秋がくれば、今よりさらに六センチ背が高くなった身長百四十九センチのぼくは、毎週土曜日、彼女と図書館で待ちあわせて世界中の詩集を読みまくるのだ。そして、図書館からの帰り道、ぼくと彼女は駅前東口のマックでバニラシェイクを飲みながら詩の感想を語りあう。いつしか彼女は、ぼくの『天気』に対する鋭《するど》い意見を聞いてうっとりとほほえむ……。だから、今のぼくの悩《なや》みは、土曜日の野球部の練習をどうするかだった。

せっかく扁平足《へんぺいそく》が治り、身長も伸びはじめたというのに、恋のためにおまえは野球を捨てるのか？　天井《てんじょう》の四隅《よすみ》から聞こえてくるもう一人の自分の声を聞いて目をとじ、首をかしげ、歯をくいしばってみても答えがでない。考えるうちに、つくづく自分は野球も彼女も大好きなんだと思い知るだけで、気がつけばいつもため息をついている。

「ジュンちゃん」

下駄箱の先で智幸が手をふっていた。ぼくは、上ばき用のビーチサンダルを登下校用のビーチサンダルにはきかえた。

「試験期間に入る前に、村田さんの家に行ってみない」

「おまえ、あれから何度も行ってんだろ」

看護師の佐藤さん情報によれば、智幸はぼくと初めて村田さんの家を訪ねて以来、ほぼ一日おきに足を運び、白川さんとも仲良くなって料理や掃除《そうじ》の手伝いをしているらしい。三日前にぼくが一人で訪ねたとき、白川さんは智幸の料理の腕前《うでまえ》を熱心にほめていた。

「昨日も行ったんだけど、白川さんから相談されたんだ」

「何を」

ぼくは先に歩きだした。智幸は学帽《がくぼう》で顔を扇《あお》ぎながらすぐに横に並んできた。

「村田さんを風呂《ふろ》にいれてやってくれって」

「風呂？」

「村田さん、もう三週間ぐらい風呂に入ってないんだって」

「ええ、……じゃあ、梅雨《つゆ》入りしてから一度も風呂に入ってないの」

「白川さんが言うには、いくらお願いしても風呂に入らないのは、きっとまだ脚《あし》の具合が悪いからじゃないかって。男のヘルパーさんを呼ぶから入浴しましょうって言っても、村田さんは断ってばかりなんだって」

「じゃあ、だめじゃん」

「でもね、白川さんが言うには、ぼくとジュンちゃんでお願いして、ぼくらが手伝うからって言えば、村田さんも了解《りょうかい》してくれるって」

「おれとおまえで、村田さんを風呂に入れるの？」

「そう」

二人の女子生徒が地ならしされたグランドを斜《なな》めに歩いていた。百メートルもはなれていないのに、その姿はとても遠くに感じられた。バックネット裏の斜面《しゃめん》に伸びているケヤキの樹《き》からは、もうセミの鳴き声が聞こえてきた。一匹《いっぴき》で鳴いているアブラゼミは、まるで周囲の反応をうかがうように少し鳴いては黙《だま》り、また短く鳴いては黙った。ぼくは智幸の横顔を見てから空を仰《あお》いだ。いつ雨が降り出してもおかしくない墨色《すみいろ》の雲が、ぼくたちの頭上をおおっていた。

ぼくは智幸にしたがって村田さんの家を訪ねた。村田さんはベッドに横になったままぼくらを迎《むか》え、上半身だけ体を起こすと、智幸に氷をもってくるよう頼《たの》んだ。

「気の早いセミだぜ」と村田さんがつぶやいた。「早く鳴いたら、早く死んじゃうのにな」

ウィスキーをひと口飲んで顔をあげ、村田さんは庭をながめた。間もなくすると、雨が静かに降ってきた。桜の樹から一匹のセミが飛び去った。

「村田さん、ぼくたち今日は、村田さんをお風呂に入れるために来ました。村田さんがお風呂に入ってくれるまで、ぼくたちは帰りませんから」

縁側《えんがわ》にいた智幸が仁王《におう》立ちになった。ぼくは畳《たたみ》の上に座《すわ》り、どこからか近づいてきた猫という名の猫の頭をなでた。

「そうかい」

「そうかいって、入ってくれるんですか」

「嫌《いや》だ」

「ええええええ」

村田さんは智幸の反応を見ていななき笑いをした。笑い声はまったく聞こえなかったけど、口を大きく開いたまま筋《すじ》が切れるのではと思うほど首をそらした。

「少年はどうだい、おれを風呂に入れたいのかい」

「えっ？」

ぼくは、どっちでもよかった。村田さんが風呂に入らなくて臭《くさ》いままでも、あいかわらず酒を飲んで煙草《たばこ》を吸っているだけでも、何かしら村田さんと話をしたり、笑ったり、その表情の変化を見ているだけでもよかった。

「どうなんだい？　おれを風呂に入れるとなったら、少年の力も必要だからな」

「ジュンちゃん」

後ろから智幸に声をかけられ、ぼくはまた猫の頭をなでた。猫はなでられた頭を前につきだして伸びをし、ゆっくりとぼくの足もとから去っていった。

「村田さん、いっしょに入りましょう」

「おっ、いっしょにときたか」

「いい夏を迎えるためには、きれいな体にならないと」

「さすが、恋する詩人は違うなあ」

「そんなんじゃ」

村田さんはぼくの反応を無視するようにいななき笑いをし、グラスのウィスキーをほとんどこぼした。智幸はあわてて台所へ行ってもどり、濡《ぬ》れた床《ゆか》を布巾《ふきん》でふき、落ちた氷は灰皿に移した。


浴室は、台所の右手の奥《おく》にあった。

ぼくと智幸は村田さんを両脇《りょうわき》から支えながら引き戸をあけて脱衣場《だついば》に立たせ、智幸がパジャマの上着、ぼくがズボンを脱《ぬ》がせた。ふつうに息をしていると、汗とアルコールがまじりあったような臭《にお》いが鼻の奥を鋭くついてきてたまらず、ぼくはできるだけ息を止めてズボンを片づけた。

脱がしたズボンを村田さんの赤黒くなった足もとにおいて顔をあげると、ゆるゆるの大きな白いブリーフが目の前にあらわれた。ぼくの倍はあるブリーフの前面には、スポイトでレモン汁《じる》を落としたような黄色いしみがいくつもできていた。どうしようかとぼくが迷っていると、智幸は村田さんに万歳《ばんざい》をさせてランニングシャツを脱がせ、上着といっしょに洗濯機《せんたくき》の中に放りこんでからブリーフを一気に引きさげた。

「どうだい?」

村田さんは洗濯機に手をつき、ぼくを見おろした。

見あげた先に村田さんのチンチンがあった。形といい大きさといい色といい、皮をむく前の腐《くさ》りかけのバナナにそっくりだった。

「ちょっとしたもんだろ」

ぼくは素直《すなお》にうなずいた。それは、ちょっとしたもんどころではなかった。智幸の倍、いや、お父さんの倍はあった。ぼくはとてつもないものを見てしまった衝撃《しょうげき》に瞬《まばた》きを忘れ、智幸が声をかけてくるまでまじまじと見入ってしまった。村田さんの陰毛《いんもう》は白く、まったくちぢれていなかった。

素っ裸《すっぱだか》になった村田さんを浴室に移し、極端《きょくたん》に横幅《よこはば》のあるバスタブの縁《ふち》に村田さんを座らせ、ぼくたちは二手に分かれて体を洗いはじめた。

石鹸《せっけん》をつけたタオルでさっとこするだけで、村田さんの肩や腕からどんどんアカがうきあがってきた。背中をこすると、まるでかんなで削《けず》られた木くずのように長いアカがまきあがった。

「湯かげんはどうですか?」

背中にシャワーをかけながら智幸がたずねた。シャワーを浴びた肌《はだ》はうっすらと赤みをおびて輝《かがや》いた。村田さんは目をとじたまま、

「極楽《ごくらく》」

とだけ答えた。

ぼくたちは胸、腹、両脚、両腕を洗いおえると村田さんに立ってもらい、肉がそげおち

たお尻《しり》と、青黒い床《とこ》づれができている腰《こし》の後ろ側をさっと洗った。そして残るはチンチンだけになったところで、智幸が泡《あわ》だらけのタオルを村田さんに手わたした。

「後は、村田さんが自分で洗ってください」

「そうか。ここはやっぱり、男同士でもアンタッチャブルだよな」

「加減《かげん》がわからないから」智幸はうつむき、ちらっとぼくを見た。「ね、ジュンちゃん」

ぼくがうなずくと、村田さんはゆっくりと洗いだした。ふくらんだ泡がタイルでできた床にぽたぽたと落ちた。

「しかしあれだな、久しぶりにやってみると、体を洗うってのは、疲《つか》れるもんだな」

ぼくも、智幸も、何も言い返さずに下をむいていた。ほんとうはじっと見ていたかったけど、ぼくは村田さんの股間《こかん》に目をむけることがどうしてもできなかった。

「さあ、ひと皮むけたぜ」

村田さんはタオルを智幸に返し、自分でシャワーを浴びはじめた。飛びちったお湯が次々とぼくと智幸の顔や、夏服にかかった。だけど、ぼくたちはふらつく村田さんの腰から手をはなさなかった。

「着替《きが》えを頼む」

シャワーを浴びた村田さんは、そう言ってバスタブの縁に腰をおろした。

「どこにありますか？」

智幸がシャワーを止めてからたずねた。

「階段下の部屋にある、タンスの、たしか下から二番目だ」

「わかりました」

ぼくは智幸に目配《めくば》せして浴室を後にし、言われた部屋のドアをあけて中に入った。

そこは六畳《ろくじょう》の和室で、ドアの正面には仏壇《ぶつだん》があった。ぼくは濡れた髪を手ぐしでときながら仏壇に近づき、花瓶《かびん》にさしてあるミニひまわりの葉にさわってみた。かたい産毛《うぶげ》のような触感《しょっかん》が指先にひろがった。

いったい誰がそなえたのかと思いつつぼくは仏壇に頭をさげ、それから左手にあるタンスのひきだしに手をかけた。

着替えをすませた村田さんはあきらかに肌の色つやがよくなり、十歳《さい》ぐらい若返って見えた。やっぱりかっこいいよな、とぼくがささやくと、智幸は真顔《まがお》になってうなずいた。

ぼくたちに支えられて縁側のロッキングチェアに座った村田さんは、銀色に光って見える短い髪を無造作《むぞうさ》に後ろに流し、

「いい夏になりそうだぜ」

と大きな声を出した。

「よかった」

ぼくと智幸の声が重なった。

「二人とも、ありがとよ」

雨が強くなっていた。ぼくたち三人は桜の樹を見あげたまま、それから十分近く、何も話さなかった。

13

期末試験の勉強をはじめると、ぼくはますます国語辞典を引くようになった。教科書や問題集を開いて文章を読んでいても、そこにある何気ない言葉の意味が気になってしかたなく、ついつい辞典を手にとってしまうのだ。

たとえば、理科の教科書にあった〈音の世界〉の項目を読んでいて、「ぼくたちが音を聞くことができるのは、物体の振動《しんどう》が耳に伝わるから」ということはわかるのだけど、すぐに〈物体〉という言葉が気になりだして先へ進めない。教科書もシャープペンシルも机も〈物体〉である、ということはわかっても、逆に〈物体〉とは何かと自問するとうまく説明できず、辞典を使って調べることになる。そして、〈①〔空間に存在し、具体的な形の有る〕物。②形だけ有って、知覚や精神の無い物。〉という意味を知って感心し、ガラス窓の先に見える梅雨空《つゆぞら》の暗い雲をながめれば、今度は〈空〉や〈雲〉が気になって気になって……、また辞典に手を伸《の》ばす。

こんな感じで勉強していると、中間試験のときの倍近く時間がかかった。そのために睡眠《すいみん》時間はずいぶん減ってしまったけど、これまでいい加減《かげん》に使っていた言葉たちが、ぐいっと自分に近づいてくれたような感覚を味わうことができた。おかげで教科書の文章の意味がすっと理解できるようになり、無理やり暗記しようとしなくても、その内容が頭の深い場所に入っていくのがわかった。

試験がはじまる前の晩、数学の問題集をやっている最中、ぼくはふとこう思った。

何かをわかるためには、何がわからないかを知っていることが大切で、そのためには、わからないことをわからないと認める勇気、もしくは、度胸が必要なんだ。

14

村田さんが永井総合病院に入院したと知らされたのは、期末試験がおわった二日後の夕方だった。ぼくは連絡《れんらく》をくれた智幸と病院のロビーで待ちあわせ、病棟《びょうとう》の五階へと急いだ。

503号室のドアを小さく二度ノックすると、知らない男の人があらわれた。両耳の上にだけ髪《かみ》の毛が残ったその人は、ぼくがぜひ面会したいと伝えると、度のきつそうな黒縁《くろぶち》の眼鏡《めがね》を押《お》しあげ、村田さんとの関係をたずねてきた。

「言葉についていろいろ教えてもらっています」

ぼくがそう答えると、その人は何も言わずにまた眼鏡を指で押しあげた。

「たまにですけど、ぼくが作った料理をいっしょに食べちゃったりする関係です」

智幸が答えた。その人は眼鏡のレンズの奥《おく》で困ったように目をほそめ、ひろい額《ひたい》にできた何本もの横じわを右手の中指でなでた。それならばとぼくは説明を変えてみた。

「村田さんから、もやもやして言葉にならない感情をスクラップするように言われて、それがまとまったら、『あたらしい図鑑』という本にしてもらえる約束をいただきました」

その人の顔がふっとゆるんだ。

「『あたらしい図鑑』か、……なつかしいね」その人は白髪《しらが》まじりの不精《ぶしょう》ひげをしごいた。「さあ、お入りなさい。でも、今はよく眠《ねむ》ってらっしゃるから、静かにね」

ぼくたちは足音をたてないよう気をつけて中へ入り、奥のベッドへと近づいた。部屋は個室で、ベッドの手前にはソファとテーブルがあった。ベッドの奥には涼《すず》しげな着物姿の白髪頭のおばあさんと、ぼくのお母さんより少し歳上《としうえ》に見える女の人が立っていた。その女の人は智幸よりも背が高く、濃紺《のうこん》のスーツを着て白いシャツの襟《えり》をぴしっと立てていた。ぼくたちが頭をさげると、二人はそろってほほえんだ。

村田さんはわずかに首をそらして口を少しあけ、目をつむっていた。顔は土色をおび、頭は白い枕《まくら》に埋《う》まっているように見えた。体にかけられた青空色の大きなタオルケットの端《はし》から両足の親指がはみ出していた。そっと目をこらすと、左右とも爪《つめ》が伸《の》びているのがわかった。ぼくは枕もとに立って寝息《ねいき》を聞き、村田さんが死んでいないことを確かめた。ほっとして顔をあげると、白髪頭のおばあさんと目があった。おばあさんはまた笑《え》みをうかべて着物の襟をつまみ、

「しばらくは起きないでしょうから、あちらへ座《すわ》りましょうか」

とささやいた。

ぼくと智幸はそろって後ろをふり返り、茶色のがっちりしたソファの方へ移動した。おばあさんともう一人の女の人もそろってこちらに移り、ぼくたちとむきあうようにソファに座った。黒縁眼鏡をかけた男の人はベッドの奥から丸椅子《まるいす》を持ってきて、ソファとソファの間にあるテーブルの近くに椅子をおくなり腰《こし》をおろし、ぼくたちに自己紹介《しょうかい》をはじめた。

その男の人は「ヤナギハラ」という編集者で、彼がテーブルにおいた名刺《めいし》には、ぼくが知らない出版社の名前の下に〈柳原治〉と印刷されていた。柳原さんは村田さんと三十五

年のつきあいがあり、これまでに村田さんの四冊の詩集と六冊のエッセイ集と三冊の絵本を世に出したと語った。ぼくたちの前にいる二人とも昔からの知り合いらしく、おばあさんは柳原さんの話を聞きながら何度もうなずいた。

「ところで、君たちのお名前は?」

自己紹介をおえた柳原さんは、ぼくの顔をのぞきこんできた。ぼくは名前と通っている学校名を小声で伝え、病院の待合室で村田さんと知り合った話をし、そのついでに智幸の紹介もすませた。

「院長先生にはほんとうにお世話になってます」智幸が永井先生の息子と知ったおばあさんは、智幸にむかって深々と頭をさげた。「わたくしは、村田の最初の妻で、今はタカハラという者です。こちらは、私と村田の間に生まれた娘《むすめ》で、アヤコと申します」

「……アヤコ」

ぼくは驚《おどろ》いて声をもらし、正面に座るアヤコさんの顔に見入った。女の人にしては少し立派すぎる鼻筋《はなすじ》の根もとで切れ長の目が瞬《まばた》きをした。

「あたしのこと、村田から聞いてる?」

「いえ、……と、というか」

「ひょっとしたら、五十嵐くんは、『あたらしい図鑑』のナンバー1を見たな」柳原さんはぼくの膝《ひざ》に手をおいた。「そうだろう?」

ぼくはうつむいてうなずいた。

「柳原さん、その『あたらしい図鑑』って何?」

「アヤコさんは覚えてないでしょうけど、村田さんは幼いあなたの左手の手形をとって、それを『あたらしい図鑑』というスクラップ本に残したんですよ」

「ほんと? そんなことがあったなんて、今、初めて聞いた」

アヤコさんはそう言ってタカハラさんの横顔に目をやった。

「よく覚えてます。あの人、この子をつれて病院へ行って酔《よ》って帰ってきて、いきなりこの子の手を『天使の手』と呼びながら朱色《しゅいろ》の墨《すみ》を塗《ぬ》りだして、スケッチブックに手形をとったんです。この子の左手の小指、このとおり、生まれつき外に曲がってましって」

「天使の手」アヤコさんは左手を顔の前にだした。「この手が？」

「そうよ。その後も、あなたと病院へ行って酔って帰ってくるたびに、一枚ずつ手形をとってたわ」

「天使の手、か」

アヤコさんは外側にゆがんだ左手の小指をしげしげと見つめ、突然《とつぜん》、笑いだした。ぼくは村田さんそっくりのその笑い方にびっくりし、つい前のめりになった。アヤコさんはひとしきり笑った後、

「さすが酔いどれ詩人」

と威勢《いせい》よく言って、左手で太腿《ふともも》をたたいた。

「そっくり、……村田さんにそっくりですね」

ぼくはささやいた。

「何が？」

「笑い方」

智幸が答えた。

「そうみたいね。幼稚園《ようちえん》に通ってたころから母によく注意されたけど、この馬みたいな笑い方はなおらなかったわね。初めてお会いしたとき、柳原さんも同じように驚いてたけど、笑い方って遺伝するのかしら」

「遺伝はしないと思うけど、瓜《うり》二つってぐらいよく似てる」

柳原さんがそう指摘《してき》すると、アヤコさんは首を横にふり、「それを言うなら馬二頭って言わなきゃ。ね、君たち」とふいにこちらをむき、またいななき笑いをした。

ぼくと智幸は二人そろって大きくうなずいた。

ぼくたち五人はその後も十五分ぐらい話をつづけ、タカハラさんがお茶の先生をやっていることや、アヤコさんが大学の英文科で教えていることや、柳原さんが来年の三月で定年を迎《むか》えることなどを知った。そして、ぼくが村田さんの病名をたずねると、タカハラさんはあいかわらず笑みをうかべたまま、

「ガンです」

と答えた。

自分から質問したくせに、ぼくはその答えを聞いておろおろした。どうしてタカハラさんやアヤコさんや柳原さんが落ちついていられるのかわからず、ぼくは助けを求めるように智幸の横顔を見あげた。だけど、智幸はいつもどおりのおだやかな表情でタカハラさんの話に相づちをうっていた。

「村田は、七十二のときに肝臓《かんぞう》ガンが発見されて療養《りょうよう》しまして、お酒も煙草《たばこ》もやめて、当時はご存命だったセツコさんの献身的《けんしんてき》な介護《かいご》もあって、一度は回復したんですけど、彼女が亡《な》くなってからは、また元の生活にもどってしまったようで。病院にも通わなくなって」

「先生は本物のブライですからね」

柳原さんがそう言うと、アヤコさんは何度も顔の前で手をふってみせた。

「違《ちが》うわよ、単に不器用なだけよ。日常生活のあらゆることに適応できないんだから」

「でもね、若いころからあれだけ毎日お酒を飲んできて、よくぞこの年まで生きてこられたもんだと思いますよ、わたしは」

タカハラさんは、柳原さんの肩越《かたご》しにベッドへ視線をおくった。タカハラさんの顔は、眠る猫でも見守っているかのようにやわらかかった。その顔を見たアヤコさんがベッドの方をむくと、柳原さんと智幸も後ろをふり返った。ぼくはみんなに気づかれないように深呼吸をし、それからベッドに顔をむけて歯をくいしばった。

15

梅雨《つゆ》があけ、一学期の終業式がおわると、ぼくは下校途中《とちゅう》に理容店に寄って髪《かみ》を刈《か》ってもらった。それからお母さんが働いている花屋さんへ行き、頼《たの》んでいたミニひまわりを七本、村田さんのお見舞《みま》い用に束《たば》ねてもらった。

「あんまり長居しちゃだめよ」

お母さんは五分刈りになったぼくの頭をなで、「わかった？」と念を押《お》して花束を差しだした。ぼくは黙《だま》ってうなずき、梅雨が明けてさんさんと降りそそぐ夏の日ざしの下、永井総合病院へむかって歩きだした。

ギブスをしなくなって四日がすぎていたけど、どうにも足が軽く、自分がふつうに歩けているのか自信がなかった。膝《ひざ》があがりすぎているのではと心配になり、いろんな店のショーウィンドウの前を通るたびに、ガラスに映る自分の動きを横目で確かめた。右手に鞄《かばん》、左手にミニひまわりの花束をもったぼくの身長は、計算どおり百四十五センチまで伸《の》びていた。

「こんにちは」

村田さんの病室のドアをノックしても返事がないので、ぼくはそっとドアをあけて中をのぞきこんだ。見覚えのある水色のパジャマを着た村田さんは上半身だけ起きていて、窓の外をながめていた。他には誰もいなかった。

ぼくはそっとドアをしめて中に入り、ベッドに近づきながらもう一度声をかけた。

「おおう」

ふり返った村田さんを見て、ぼくは、息をのんだ。

凹凸《おうとつ》のはっきりした骨格に皮膚《ひふ》が貼《は》りついただけの顔が、目の前にあった。黒ずんでいても肌《はだ》は薄《うす》く、理科室にある人体模型よりも大きな頭の骨がすけて見えるようだった。ぼくは花束を握《にぎ》る右手に力をこめ、腹筋に力をこめ、奥歯《おくば》をかみしめ、自分の動揺《どうよう》が顔に出ないよう踏《ふ》んばった。

「どうした、おれが、あんまり、ハンサムなんで、……少年は、瞬《まばた》きを、忘れたか」

村田さんはとぎれとぎれに声をだし、そしていななき笑いをしようと口をあけたけど、首をそらすことができなかった。ぼくは息苦しくなってやっと口をあけ、ゆっくりと息をついだ。瞬きは、できなかった。

「こっちへ」

村田さんの左腕《ひだりうで》がほそい糸で引きあげられるように動き、骨張った手が窓側をさした。ぼくは黙ったままうなずき、音をたてないように注意しながらベッドと窓の間へ移動した。

「座《すわ》んな」

ぼくはすぐに丸椅子《まるいす》に座った。

「どうした、なんにも、しゃべんない、のかい」

しゃべりたかったけど、口をひらいても声を出せる自信がなかった。ぼくは、目の前のやせほそった村田さんの姿を受けとめるだけで精一杯《せいいっぱい》だった。

「もうちょっと、こっちへ」

村田さんの左腕がまた揺《ゆ》れながらあがり、大きな左手がぼくの頭ににじり寄ってきた。

ぼくは椅子ごと前にずれ、その手にあわせて頭をさげた。

「いい坊主《ぼうず》、だ」村田さんは左手をぼくの頭にのせると、ひとつ咳《せき》をした。「また、野球を、するのかい」

「はい」

ぼくは頭をさげたまま答えた。ちゃんと声が出たことにほっとしていると、村田さんの手が頭からはなれた。ぼくはおそるおそる顔をあげ、村田さんと目をあわせた。

「よかったな」

「はい」

村田さんは目をほそめてほほえんだ。目尻《めじり》と口もとにできた深いしわは、村田さんの目がいつもの大きさにもどっても残っていた。ぼくは窓際の壁《かべ》に鞄をたてかけ、ミニひまわりの花束を村田さんに差しだした。

「ちっちゃくてすみません」

「おう、ありがとよ」

たった七本のミニひまわりの束なのに、村田さんが持つと重たそうに見えた。ぼくは強く瞬きをしてからきいてみた。

「村田さん、ひまわりの花言葉、知ってますか?」

「知らねえな」村田さんは花束をタオルケットの上において、また咳をした。「ぜひ、教えて、くれよ」

ぼくは、ひと息間をあけた。

「わたしは、あなただけを見つめています」

「そりゃあ、初耳だ」

「ぼくも、トモから教えてもらったんです」

「さすが、カマブタ」

「はい」

「いいかい少年、……人が、一生、持つべきは、ああいう、気のいい、友だちだ。悪口でも、何でも、言いあえる、友だち、……だ。大切に、しろよ」

「はい」

村田さんは目をとじ、息を整えた。苦しそうだった。ぼくはお母さんの忠告を思いだし、お見舞いの目的をすぐ行動に移そうと考えた。

「村田さん、お願いがあります」

ぼくは自分から村田さんに顔を近づけた。

「なんだい、おれと、キスでも、したいのかい」

「村田さんの足の爪《つめ》を、ぼくに切らせてください」

「おいおい」

「この前、初めてここに来たとき、村田さんの爪がとても気になったんです。村田さんは病気で寝《ね》ているのに、足の、両足の、親指の爪だけはものすごく伸びていて。それがずっと気になってて、だから、その爪を切ってスクラップしようと」

「少年、……残念」村田さんは目をとじたまま笑顔《えがお》になった。「ちょっと、遅《おそ》かったな。一昨日《おととい》、娘《むすめ》に、全部、切られた」

「娘って、アヤコさんのことですか?」

「おお、アヤコを、知ってるのか」

「はい、ここでお会いしました」

「口の、悪い、よくしゃべる、女だろう」

「村田さんにそっくりでした」

「あちゃ」

村田さんは土色の額《ひたい》を手でぽんとたたいた。ぼくは、村田さんの足をおおっていたタオルケットをめくってみた。村田さんが言ったとおり、左右十本の指の爪は、きれいに切られていた。

「少年」

「はい」

「あなたが、よく、見ておいた方が、いいのは」

村田さんが目をあけた。ぼくはタオルケットで両足を隠《かく》した。

「なんですか」

「この、今、ここにいる、おれだ」

ぼくは戸惑《とまど》いながら丸椅子に腰《こし》をおろした。すると、村田さんは左手を伸ばし、ぼくの右の手首をつかんだ。どこにこんな力が残っているのかと思うほど、村田さんの握力《あくりょく》は強かった。

「いいかい、おれは、これから、死にむかって、……ラストスパートだ。今日より、明日。明日より、明後日《あさって》。いいや、刻一刻と、そこにある死に、近づいて、いくから、……あなたの、五十嵐くんの、時間の許すかぎり、ここに来て、おれを、しっかりと、見ておくと、……いいぜ」

言葉にならない、まだスクラップしたことのない激しい感情が、村田さんの左手から津《つ》波《なみ》のように迫《せま》ってきた。唾《つば》を飲みこんでも、すぐに新しい唾が口にあふれた。ぼくの胸は得体《えたい》の知れない感情の渦《うず》にまきこまれ、体の内側から粉々《こなごな》になってしまいそうだった。ぼくは、歯茎《はぐき》が痛むほど奥歯をかみしめた。

「なんなら、写真を撮《と》っても、いい。あのスケッチブックに、写生したって、いい。……とにかく、おれを、見ておけ」

村田さんの左手がはがれ落ちるようにぼくの手首からはなれた。村田さんは、静かに瞼《まぶた》をとじた。ぼくの右の手首には、村田さんの手の余韻《よいん》が残っていた。

「村田さん」ぼくはかすれ声でささやいた。「だいじょうぶですか?」

村田さんは薄い唇《くちびる》をかすかに開いた。

「疲《つか》れた」

「わかりました。明日、明日またかならず来ますから、今日は、もう帰ります」

ぼくは鞄を持って立ちあがり、目をつむっている村田さんに頭をさげた。

「少年」

村田さんがうなるような声を出した。ぼくは足をとめてふり返った。

「はい」

「スクラップを、忘れるな」

「はい」

「おれは、あなたの、『あたらしい図鑑』を、首を、首を長くして、待ってるぜ」

村田さんはわざわざ首を伸ばして見せ、それから右手をふって見せた。ぼくは息がつまった。胸の鼓動《こどう》がさらに激しさをまし、息苦しさに耐《た》えかねて口を開くと、引きつるような声がもれた。

「失礼します」

もう、見ていられなかった。ぼくは、もう一度村田さんに頭をさげ、早足で病室を後にした。エレベーターを使わずに階段をかけおり、病院から逃《に》げるように遠ざかっても、あふれだした涙は止まらなかった。

16

翌日、ぼくは約束どおり村田さんの病室を訪ねた。だけど、村田さんは集中治療室《ちりょうしつ》に移されていて、会うことはできなかった。次の日も、その次の日も、やっぱり会えなかった。

そして、夏休みがはじまって十日がすぎ、十一日目を迎《むか》えた朝、村田さんが亡《な》くなったと智幸が連絡《れんらく》してきた。死因はガンの転移による多機能不全で、お葬式《そうしき》は二日後とのことだった。ぼくは電話を切るとお母さんにも伝え、朝食をとった。お母さんは、「だいじょうぶ?」と声をかけて心配してくれたけど、ぼくは黙《だま》ったままうなずいてさっさと食事をすませた。それからいつものように牛乳を飲み、いりこを七本かみくだいて野球部の練習に行き、明後日《あさって》の練習を休ませてもらうよう深谷監督に話した。

覚悟《かくご》ができていたからか、涙はまったく出なかった。だけど、最後に見た村田さんの顔を思い出すと、やっぱり息がつまった。誰とも話さずに練習をおえて帰宅したぼくは、ユニフォーム姿のまま、壁《かべ》に貼《は》られた二十一枚のスクラップとむきあった。

ずらっと並んだ足形の右隣《みぎどなり》には、何もない真っ白な紙があった。村田さんの爪《つめ》をスクラップするために用意していた一枚だった。

ぼくはその紙をただながめつづけた。そして、窓の外が暗くなったころ、ぼくは吐《は》きだすようにつぶやいた。

「そっか、……そうだ、そうなんだ」

自分の声に自分でうなずいた。

ぼくは、村田さんをスクラップしたかったのだ。

百九十一センチの身長。歩くのにも苦労する老人なのに、どんな表情でも、どんな体勢でもいちいちかっこよく見えてしまう不思議。何だって笑いとばしてしまう明るさ、……初めて出会ったときから、ぼくにとって村田さんは、いつも奇跡《きせき》の人だった。こんな人がこの世界にいるなんて考えたこともなかったから、会うたびに、話をするたびに興奮《こうふん》した。

何を言っているのか意味がわからないことも多かったけど、村田さんが口にする言葉はいつも新鮮《しんせん》だった。その言葉を聞いてしまうと、それまでは何ともなかった空や、雲や、花や、樹《き》や、光が、ちょっとずつ違《ちが》って見えてきた。ぼくを取りまく風景が、ちょっとだけど楽しいものに変わった気がした。

だから、いつからかぼくは、村田さんの魅力《みりょく》の源《みなもと》を探《さぐ》ろうと思ったのだろう。たとえ足の爪でもいいからスクラップしてながめれば、村田さんがかもしだす、もやもやとした気持ちのいい気配につつまれて、もっと村田さんに近づくことができると、ぼくは期待したのだ。

でも、村田さんは死んでしまった。

会うことも、話すことも、肩《かた》をかしてあげることも、いっしょに空を見あげることも、お風呂《ふろ》に入れてあげることも、二度とできなくなった。

「死んじゃうと、もう、次が来ないんだな」

また、勝手に声が出た。

真っ白な紙の上に、いななき笑いをする村田さんの姿が、はっきりとうかんでいた。

村田さんの死は、翌日の新聞に顔写真つきで紹介《しょうかい》された。写真の村田さんはまだ髪《かみ》が黒く、昔の映画スターのようだった。ぼくはその記事を切りとってスクラップし、その下に暗記した『一本の樹』を書きこんでから壁に貼った。

次の日の八月一日、ぼくは永井先生と智幸といっしょに村田さんの葬儀《そうぎ》に参列した。ざっと数えても百人を超《こ》える人たちが寺の境内《けいだい》に集まっていた。智幸とともに夏の制服を着たぼくは、それだけでどこか場違《ばち》いな所に来てしまったような居心地《いごこち》の悪さを感じつつ、行列の流れにしたがって焼香《しょうこう》をすませた。

祭壇《さいだん》には、村田さんのベッドの横の壁に貼ってあった顔写真が大きく引き伸《の》ばされてかれていた。酔《よ》ってご機嫌《きげん》らしく、写真の村田さんの口はわずかにあいていて、今にもくだらない冗談《じょうだん》を言いだしそうだった。

「すごい人数だったね」

病院にもどる永井先生を見送ると、智幸が白いハンカチで首の汗をふきながらつぶやいた。ぼくは黙ったまま境内を見まわした。壁にそって植えられた樹々からは、休みなくセミの鳴き声が響《ひび》いていた。焼香をすませた人々は玉砂利《たまじゃり》を踏《ふ》みしめながら門をくぐって去っていき、十分もすると、寺に残るのは二十人ほどになった。

「トモ、おれたちも帰ろうか」

「ぼく、村田さんの死顔、見たいな」

「ばかなこと言うなよ」

「見られないかな?」

「そんなこと、できるわけないだろう」

ほんとうは、ぼくも見たかった。怖《こわ》い気持ちもあったけど、約束どおりラストスパートを果たして死んだ村田さんの顔を見なければ、村田さんに申しわけないというか、自分が卑怯者《ひきょうもの》になるような気がした。

「あ、アヤコさんだ」本堂の方に顔をむけていた智幸が、まぶしそうに目をほそめて手をふった。「アヤコさんがこっちに来る」

「ほんと?」

ふりかえると、アヤコさんが玉砂利に足をとられながらこちらへ歩いてきていた。背が高いアヤコさんは喪服《もふく》のワンピースもよくにあっていたけど、どことなく女装した村田さんが近づいてくるような気がした。

「君たち、わざわざありがとう」アヤコさんはハンカチで鼻の汗をふいてほほえんだ。

「あら、五十嵐くんも坊主《ぼうず》になったんだ」

「はい」

「村田の死を哀《あわ》れんで、出家でもするの?」

「出、出家?」

「冗談よ」

「ジュンちゃんは野球部なんです。小さな未来の大投手なんです」

「そうなの。だったら、英語は今からまじめに勉強しておきなさい。メジャーリーグへ行くとき、あわてなくてすむからさ」

「…………」

「永井くんは何部なの？　柔道部？」

「ぼくは料理クラブで、毎日、女子に負けじと料理の腕《うで》を磨《みが》いてます」

智幸の返答を聞いたアヤコさんは目を見ひらいてぼくを見おろし、口を大きくあけたとたん、いななき笑いをはじめた。

セミの鳴き声にも負けない豪快《ごうかい》な笑い声があたりに響いた。ぼくはアヤコさんのそりかえった首にうかぶ青い血管を見あげ、少しあきれつつもかなり感動した。幼いころに村田さんと別れても、村田さんが村田さんらしくあるために絶対に必要だった何か（それがどんな言葉で表現されるのか、ぼくがまだ知らない何か）は、きっちりアヤコさんに引きつがれているのだと思った。

たっぷり笑ったアヤコさんは、満足げな顔でぼくと智幸の顔を見まわした。

「アヤコさん」ぼくは思いきってきいてみた。「村田さん、亡くなる前に何か言いました?」

「言ったわよ」

「どんなことを?」

「亡くなる前の晩、母に日本酒を頼《たの》んでだめだって言われたら、『しらふで死神に会えるか』って怒《おこ》ってね、仕方ないからあたしが用意したら、おちょこ一杯《いっぱい》だけうまそうに飲んで、『これで良い勝負ができるぜ』って言ってにんまり笑ってさ、それっきりよ。笑いながら目をとじたと思ったら、もう二度と目をあけずに死んじゃった」

「……かっこいい」

ぼくと智幸は同時に声をもらした。

「何言ってんのよ、今ごろはもう、死神にこてんぱんにやられてるわよ」

面白《おもしろ》い、と思った瞬間《しゅんかん》にぼくは笑ってしまった。智幸も、そしてアヤコさんもまったく同時に笑いだし、少しの間、ぼくらのまわりだけ華《はな》やいだ。

三人の笑い声が消えると、またセミの鳴き声があたりに響いた。ぼくは、息を整えてから切りだした。

「アヤコさん、お願いがあります」

「何?」

「最後にもう一度、村田さんに会わせてもらえませんか」

アヤコさんはまぶしそうに目をほそめた。ぼくは瞬《まばた》きを我慢《がまん》してアヤコさんと目を合わせた。

「おやすいご用よ。せっかくここまで来てくれたんだから、あたしたちといっしょに火葬場まで行って、しっかり顔を見てからお別れしてあげてよ」

ぼくたちはアヤコさんの案内にしたがい、寺の前に横づけされたマイクロバスに乗りこんだ。バスは親族用と関係者用の二台に分かれていて、ぼくと智幸が乗った関係者用のバスの後ろの席には、柳原さんがいた。ぼくは、バスが市の外れにある火葬場に着くのを待って、気になっていたことを柳原さんにたずねた。

「村田さんの家は、どうなるんですか?」

「ああ、あの家ね」柳原さんは黒いネクタイをゆるめた。「あそこには、アヤコさん一家が引っ越してくるらしいよ」

「……そうなんですか」

「アヤコさんは去年離婚《りこん》して娘《むすめ》さんと二人暮らしだから、あの家ぐらいがちょうどいい大きさなんだって」

「じゃあ、あの『あたらしい図鑑』も、アヤコさんが……」

「そうなるだろうね」

「猫はどうなるんでしょう」

「猫という名の猫のこと？」

「はい」

「あいつ、昨日から行方《ゆくえ》不明らしいよ。お通夜の席で、白川さんが心配してた」

先に火葬場に着いた親族用のバスが駐車場の隅《すみ》へ移動し、バスから喪服姿の人が降りはじめた。ぼくは窓越《まどご》しに人々の姿をながめ、タカハラさんの手をとって降りてきたアヤコさんを見つけると、素直《すなお》にうらやましいと思った。

市営の火葬場には四基の窯《かま》があった。村田さんの遺体は左から二番目の窯で焼かれるらしく、その前に大きな棺《ひつぎ》がすえられた。他の窯の前には何もなく、誰もいなかった。ぼくと智幸はあたりをきょろきょろ見まわしながら、棺を囲むようにできた人の輪の後ろに移動した。

前にいた白髪《しらが》頭のおじさんの背が高く、ぼくが立った場所からは棺を見ることができなかった。ぼくは何をすればいいのかわからないまま、棺の方から流れてきた線香《せんこう》の香《かお》りを胸いっぱいに吸いこみ、お坊さんがお経《きょう》を読みはじめると前列の人たちをまねして手を合わせ、黙《もく》とうした。

お経がおわって顔をあげ、ゆっくりと息を吐いた直後、誰かがぼくの左手首を引っぱった。思わず体が左にかたむき、ぼくはバランスをくずしかけながら引っぱる相手をにらんだ。

白い手が、喪服姿のおじさんたちの間から伸びてきていた。その手が強引《ごういん》にぼくの手首を引っぱっていた。ぼくが踏んばって引き返すと、左前にいた髪の薄《うす》いおじさんの肩口からショートヘアの頭があらわれた。

「あぁぁぁぁぁぁぁぁぁぁぁ」

のどちんこが震《ふる》えた。

口からもれ出た声が消えると全身から力が抜《ぬ》け、ぼくは、自分の眼がガラス玉になったように感じた。

髪は短くなっていたけど、間違《まちが》いない。そこにあらわれたのは、ひまわりの彼女だった。

「お母さんが呼んでるから、ちょっと来て」

ひまわりの彼女は怒ったような口調でそういい、またぼくの手首を引っぱった。大きな目、カールした長い睫毛《まつげ》、高い鼻……図書館で会ったときの記憶《きおく》が、目の前にある顔とぴったり重なった。身長はまだまだぼくより高かった。ぼくはどうにか口をとじ、彼女のうなじにある二個のホクロに見入った。

「ほら、早く。そっちも、ほら」

ぼくはまったく声を出せないまま彼女に引きずられるように人の輪からはなれた。

「そっちも」と呼ばれた智幸は、今にも泣きだしそうな顔でぼくにつづいた。

彼女につれていかれた先には、アヤコさんが待っていた。アヤコさんの隣にはタカハラさんがいて、ぼくと目が合うとやさしく手招きした。

「最後のお別れをしてあげて」

タカハラさんがそっと後ずさると、そこには、ふたをあけた棺があった。

「おじいちゃんから聞いたけど、あなた、おじいちゃんの一番若い友だちなんでしょ」

ひまわりの彼女はぼくの手首をはなし、ぼくを棺のそばへ押《お》しやった。ぼくはよろけて棺に近づき、アヤコさんとタカハラさんに見守られながら棺の中を見おろした。

何がなんだかよくわからなかったけど、目をつむった村田さんの顔が、そこにあった。

顔と頭のまわりをすき間なく菊《きく》の花に囲まれているためか、それとも死んだら誰でもそうなるのか、村田さんの土色の肌《はだ》は病室で見たときよりもさらに色濃《いろこ》く見えた。ぼくは口をとじたまま肩で息をくり返し、村田さんの顔を見つづけた。真上から見て初めて知ったけど、村田さんの睫毛はとても長かった。

「さわってもいいのよ」

アヤコさんの声を聞き、ぼくは村田さんの鼻にゆっくりと右手を伸ばした。左右の穴を脱脂綿《だっしめん》でふさがれていても、村田さんの鼻は毅然《きぜん》としていて立派だった。ぼくは中指で鼻の頭をなでた。冷たい、だけど弾力《だんりょく》のある感触《かんしょく》が指先に残った。

「ありがとう、ございました」

ぼくは両手を合わせて村田さんの死顔につぶやき、智幸と入《い》れ替《か》わった。棺を見おろした智幸は、いきなり肩を震わせて泣きだした。その肩を、アヤコさんが抱《だ》き寄せた。

「もっとおいしいお酒のおつまみを、ぼく、作ってあげたかった」

智幸はそう言ってアヤコさんの胸に顔をあずけた。ぼくはそっとその場をはなれ、西中《にしちゅう》の冬の制服を着たひまわりの彼女の顔を見ることなく火葬場をぬけだし、走って駐車場を横切った。

駐車場の入り口近くにおかれた木製のベンチに腰《こし》をおろすと、ぼくは呼吸を整えながら、たった今自分が目にしたことについて考えた。

ひまわりの彼女はアヤコさんの娘で、つまりタカハラさんの孫で、そして村田さんの孫でもあって。だから、背も高くて、詩についてくわしくて、目が切れ長で、アヤコさんが天使なら、彼女は天使の子で……、だから、……だけど、よりによってこんなときに、こんな場所で、ひまわりの彼女に再会するなんて……。

気持ちの整理なんてできなかった。腕をひろげて深呼吸を何度してみても、喜んでいいのか、かなしむべきなのかすら、わからなかった。

ぼくは汗がふきだした頭をかきむしり、深いため息をついてうなだれた。

「ジュンちゃん、ここで泣いてたんだ」

顔をあげると、赤い目をした智幸がハンカチを差しだしてきた。

「泣いてねえよ」

ぼくはハンカチを押し返した。

「素直じゃないんだから」智幸はぼくの隣に座《すわ》った。「ほんとうに死んじゃったんだね、村田さん」

智幸は鼻水をすすった。ぼくは何も答えずに八月の日ざしを照り返すアスファルトをにらみつけ、黒々としたぼくの頭の影《かげ》からあらわれた一匹《いっぴき》の蟻《あり》を見つけると、その動きを目で追った。蟻はどこへむかっているのか、何をめざしているのかまったく見当もつかなかったけど、とにかく止まることなくちょこちょこと進んでいき、二、三分もすると日ざしにまぎれ、もうどこを移動しているのかわからなくなった。

ぼくは蟻の追跡《ついせき》をあきらめて空を見あげた。正面にはたくましい煙突《えんとつ》がそびえ立ち、その奥《おく》には澄《す》んだ青空がひろがっていた。

「もうはじまったかな？」

智幸がきいてきた。

「何が？」

「火葬」

「はじまったら煙《けむり》が出てくるよ」

「村田さんの、……煙か」

横をむくと、智幸も空を見あげていた。ぼくは日ざしに目をほそめ、また空を見た。煙突から煙が出てくる瞬間《しゅんかん》を目に焼きつけたかった。きっと、智幸も同じことを思っていたのだろう。ぼくたちはたがいに黙ったまま空を見つづけた。

空には村田さんの笑っている顔や、ウイスキーを飲んでいる横顔や、さっき見た死顔や、ひまわりの彼女の緊張《きんちょう》した顔がうかんでは消え、消えてはまたあらわれた。行方不明になった猫という名の猫の寝姿《ねすがた》も見えた。なぜか、永井先生の白い靴下《くつした》や、智幸のエプロン姿や、佐藤さんのふくらんだ胸や、お母さんやお父さんの顔まで、うっすらとうかんできた。

どのぐらい時間がたったのか、暑さで頭がぼんやりしはじめたころ、煙突の先に、わずかににごった白い煙があがった。

煙は右にかたむきながら、ゆらりと昇《のぼ》っていった。

気がつくと、ぼくはベンチの上に立っていた。そして、煙を見あげたまま手を合わせ、

「ぼくの『あたらしい図鑑』をかならず完成させます」と、小声で村田さんに約束した。

ぼくに少しおくれて腰をあげた智幸は、また鼻をすすってからきいてきた。

「村田さん、死神に勝てるかな?」

「勝てるかどうかはわかんないけど、村田さんは、負けないと思うな」

「どうして?」

「つまんない冗談ばっかり言って相手を油断させて、何度も笑わせて、そのうちに酒をすすめて先に酔《よ》っぱらって、突然《とつぜん》、死神もしびれるぐらいかっこいい詩を語りはじめてさ、もう勝ち負けなんて関係なくしちゃうんだよ」

「なるほどね」智幸は視線を空にもどした。「村田さんなら、ほんとうにやりそうだね」

「ああ」

ぼくはベンチの上に立ったまま腕を組んで空を仰《あお》いだ。黒みをおびた煙がいきおいよく上昇していた。ぼくは、今ぼくの視界にあるすべてをもらすことなくスクラップすると心に決め、八月の空とむきあった。

文中の国語辞典は、『新明解国語辞典　第四版』（三省堂）を参考にしています。
また、「天気」については『西脇順三郎詩集』（鮎川信夫編　彌生書房）、
「雲」については『中学校国語1』（学校図書）、
「土」については『三好達治詩集』（河盛好蔵編　新潮文庫）より引用しました。

長薗安浩（ながぞの　やすひろ）
一九六〇年、長崎県生まれ。南山大学卒業後、リクルート入社。「就職ジャーナル」「ダ・ヴィンチ」編集長などを務める。九四年、「就職氷河期」のネーミングで流行語大賞特別造語賞を受賞。九九年、「ウェルウィッチアの島」（「文學界」）でデビュー。二〇〇二年より執筆に専念。著書に『祝福』『セシルのビジネス』（以上、小学館）『きょうも命日』（中央公論新社）『シュヴァイツァーの仕事』（集英社）『言葉なんかおぼえるんじゃなかった　詩人からの伝言』（語り・田村隆一　筑摩書房）『最後の七月』（理論社）『夜はライオン』（偕成社）『ネッシーはいることにする』（ゴブリン書房）などがある。
●小社ホームページで、本書についての「著者のことば」をお読みいただけます。

あたらしい図鑑

二〇〇八年六月十日　初版発行
二〇一二年六月十日　第三刷発行

著者　長薗安浩

装丁　杉山英俊

発行　ゴブリン書房
〒一八〇-〇〇一一
東京都武蔵野市八幡町四-一六-七
電話　〇四二二-五〇-〇一五六
ファクス　〇四二二-五〇-〇一六六
http://www.goblin-shobo.co.jp

編集　津田隆彦

印刷・製本　精興社

Printed in Japan
NDC913 ISBN978-4-902257-13-7 C8093
232p 四六判

誰にも似ていない人生を送るために

ネッシーはいることにする

長薗安浩

四六判／上製本／280頁

自分がいつも過ごしている日常から
少しだけ外に出てみたら、
これまでどこにいたんだろうって人たちと“遭遇《そうぐう》”して、
僕の世界はグイッとひろがっていく。

〈無頼《ぶらい》の詩人〉が逝《い》って二年。
中学三年生になった僕たちの、あたらしい夏が動きだす。
ロングセラー『あたらしい図鑑』につづく物語。